Knobbelmonsters en ander gespuis

Illustratie omslag en boekverzorging Elly Hees Utrecht
Foto auteur Hans van Heumen

ISBN 978 90 72219 36 7
NUR 283

www.thoeris.nl

MARLEEN MUTSAERS

Knobbelmonsters en ander gespuis

Uitgeverij Thoeris
Amsterdam 2008

Inhoud

Lief Dagboek

(Al deel twee!)

Dit ben ik:

Naam:
Mara Castellee
Leeftijd:
Eindelijk 11!
Lievelingskleur:
Nog steeds wit en pastel
Broertjes / zusjes:
Hij is er nog steeds: Kris, 6 jaar
En mijn moeder is weer helemaal beter. Cool
Grootste hobby:
Sieraden maken

Dit tweede schrift ga ik helemaal volpennen met nieuwe dingen. Er is namelijk zoveel gebeurd. Veel kapot gaafs, maar ook iets minder...
Het begon die dag dat mijn borsten ineens besloten om te gaan groeien.
Niet te geloven, ik was echt, heel echt elf. Eindelijk groot, keicool. Zelfs grote mensen luisteren naar je als je elf bent, weet ik van Jenny. Want die is al twaalf!

Maar een klein dingetje ben ik helemaal vergeten: als je groot wordt, ga je overal groeien. En dan bedoel ik ook overal! Borsten bijvoorbeeld... ze begonnen ineens dom te kriebelen. Toen ik dat voor het eerst voelde, was ik de hele dag depri. Van borsten kun je kanker krijgen. Echte knobbelmonsters kunnen het worden. Daar weet mijn mama alles van. Haar laatste chemokuur is bijna een half jaar geleden.

Ik doe gewoon een wijde trui aan, zodat die borsten niemand opvallen. Ik blijf ze wel voelen, maar dat weet geen mens. Niemand ziet nu immers iets van die kriebeldingen. Ik vraag me wel af of ze ook opeens weg kunnen gaan. Hoe kom ik daar nu achter? Aan mama vragen? Ze zit met papa en

Kris aan het ontbijt. Ow. Probleem. Kris zal
wel vet commentaar hebben!Met mijn krie-
belborsten ga ik naar beneden. De warme
broodjes liggen in een rieten mandje op tafel
en er is chocomel, boter in een vlootje en een
zoutvaatje voor de eieren, maar waar zijn de
eieren?
Mama ziet mijn zoekende blik. Ze knikt
naar het midden van de tafel. Dan pas
vallen me de mutsjes op. Dat is maf.
Kris tilt lachend een mutsje omhoog. Daar
zijn ze dus.
Ik moet meteen denken aan mijn borsten,
verscholen onder de trui.
Papa kijkt me vreemd aan. Wat is er, man!
Wat weet hij ervan hoe het voelt om borsten
te krijgen.
Mijn voorzichtige vraag of het op je buik
kan kriebelen, zorgt er al direct voor dat
Kris begint te lachen.

Over borsten, bh's en andere zaken

'Je hebt toch geen vlooien?' Duhh... Kris weer. Zo'n
sweet broertje ook. Kan hij wel?
Met zijn felblauwe ogen kijkt hij me uitdagend aan.
Vette pech, ik zeg lekker niets.
Papa trekt me naar zich toe om me te knuffelen, maar
ik schrik me rot. No way! Zo voelt hij mijn borsten.
Ik sla mijn armen ervoor. Papa laat me geschrokken
los en eindelijk begint er mama iets te dagen. Er glijdt
een glimlach over haar gezicht: 'Is het misschien een
meidending?'
Ik knik opgelucht. Cool, mama snapt het gelukkig al.
'Zullen we dan morgen een bh gaan kopen? Wat leuk,
je eerste. Dat is speciaal.'
Ik sta als versteend en Kris begint te joelen: 'Mara krijgt
tietjes, Mara krijgt tietjes!'
'Nou bedankt, mama,' zeg ik beteuterd, terwijl ik naar
de blote eieren kijk, 'nu weet de hele straat het.'

Maar papa vindt het doodnormaal: 'meisjes krijgen nu
eenmaal borsten, dat hoort bij hen.' Ik vind het niet
normaal: het is bagger!

Papa wil me opnieuw naar zich toetrekken, maar ik ruk me wild los.

Ik storm de trap weer op naar mijn kamer en gooi me plat op bed. Was ik maar een jongen. Maar ik weet nu dat ik het niet meer hoef te vragen. Ze blijven dus, die irri dingen. Ze horen bij mij.

'Oké, afgesproken? Gaan we morgenochtend, op koopzondag, een bh kopen?', vraagt mama. Ze zit bij me op bed. Ze heeft me net verteld dat het heel normaal is om borsten te krijgen. En ook dat het kriebelt als ze beginnen te groeien.

'Maar dat hoeft toch niet naar te zijn?', zegt ze. 'Borsten zijn ook mooi, Mara.'

'Mooi? Als er knobbelmonsters in kunnen komen? Kriebelt dat? Of doet het zeer?'

'Niet alle borsten krijgen kanker,' zegt mama. 'Ik heb gewoon pech gehad.' Haar hand glijdt even over mijn schouder. Ze bedoelt het lief, dat voel ik. Toch vind ik borsten bagger en dat blijft zo.

'Maar alle borsten krijgen wel een bh.' Nu kijkt ze me lachend aan. 'Er zijn zoveel leuke, weet je al welke je wilt?'

'Ja, een roze met een heleboel strikjes.'

Ik lach door mijn tranen heen. Mama knikt, maar als ik vraag of ik dan ook meteen een string mag kopen, kijkt ze me geschokt aan: 'Hoe kom je daar nou weer bij? Laat me raden. Joy zeker.'

'Volgens Joy draagt iedereen ze.'
Mama schiet in de lach. 'Iedereen? Ik ben niet zo voor dat hippe, Mara. En je vader ook niet.'
'Mama, je lacht me uit!'

Dat doet ze nou altijd. Wedden dat ze Joy never nooit uitlachen? Joy mag alles en ze laat zich niets zeggen. 'Luister liever naar Jenny. Wat zegt die ervan?'
Ik zucht. 'Dat weet je wel, mama, die vindt strings duf.'
Jenny is mijn beste vriendin. We kennen elkaar van de crèche, al heel veel vriendenboekjes geleden. We hebben het over van alles. Jenny's ouders zijn gescheiden. Een tijd geleden. Ze zit ook naast me in de klas. De klas van meester Jeroen. Dat is een jonge meester, zeggen papa en mama. Wat ze daar dan ook mee bedoelen. Maar ik vind meester Jeroen helemaal niet zo jong meer. Dertig jaar, dan ben je een oldie! Vorig jaar hadden we juffrouw Schiks. Dat was een oma, dus helemaal een oldie. Maar die werkt niet meer. Wat heb ik ze toen allemaal laten schrikken met mijn verhaal over mama. Samen met Jenny deed ik mijn spreekbeurt over borstkanker om het aan de kinderen uit te leggen. Het heeft wel geholpen. Ze letten niet meer zo op mij. Ze laten me met rust. Ze denken zeker dat ik die rottijd vergeten ben. Maar dat vergeet ik niet meer, never...

'Je vindt het toch wel leuk?', informeert mama terwijl ze me onderzoekend aankijkt. 'Je ziet er zo bezorgd uit, ineens.' Maar ik verzeker haar dat er niets is.

Nu eerst naar Steven, hij wacht op me. Daar is het altijd lauw. Steven heeft een massa boeken op zijn kamer over zijn hobby, vliegtuigen. Hij gaat elk weekend naar Schiphol om vliegtuigen te spotten met zijn verrekijker en fototoestel.

Omkleedtoestanden

Vandaag de grote dag: koopzondag. Mama en ik rijden naar het winderige centrum.
'Zal er parkeerplek zijn in de buurt?' Mama kijkt naar me, maar dat weet ik toch niet. Net of ik er elke dag kom. Ik ben Joy niet.
Er zijn inderdaad bijna geen vrije plekken meer. Nadat we er na lang rondrijden toch een hebben gevonden, lopen we meteen samen naar de winkel met de meeste bh's. Mama weet welke dat is. We blijven staan voor de etalage. Ik wist niet dat er zoveel verschillende soorten waren.

Ik wijs op een roze met dunne bandjes en blauwe roosjes: 'Die!'
'Dan zullen we eens gaan kijken wat er in jouw maat is.'
'Kunnen we hem niet gewoon meteen kopen?' Ik heb helemaal geen zin in omkleedtoestanden, bah. Maar mama is de winkel al ingelopen, dus ik moet haar wel volgen. We lopen meteen naar het rek. Terwijl ik driftig naar de juiste kleur aan het zoeken ben, hoor ik ineens achter me: 'Weet ze haar maat?'

De winkel is stampvol, ik voel mijn wangen kleuren.

En dan zegt mama ook nog eens: 'Nee.'

De verkoopster pakt een meetlint en wikkelt dit om me heen. 'Mmm, je zou 70AA kunnen proberen.'

Het is maar goed dat Kris er niet bij is. Hij zou vast een opmerking maken over 70 tietjes. Maar hij hoeft dan ook geen stomme bh.

Ik kijk schichtig om me heen of iemand de verkoopster heeft gehoord. In een flits zie ik Joy en Marit. Nee, hè, ik zie Joy ook overal. Als er iemand is, die zorgt dat ze van iedereen alles weet, is het Joy wel. Ik wil helemaal niet dat zij mij hier moet zien, dat zou hard voor me zijn. Dus wanneer mama de juiste maat uit het rek pakt, ruk ik hem bijna uit haar handen en vlieg een kleedhokje in. Ik blijf staan tot die vervelende Joy weg is. Al duurt het uren. Joy doet dan wel niet meer zo rot sinds ze supergoeie vriendjes is met Arie (nee, geen verkering, het zal wel), maar ik wil haar in elk geval nu niet zien. Ik voel me al belachelijk genoeg, zo in mijn blote buik met tietjes in het pashokje.

'Hé Mara, wanneer ben je nou klaar?'

Mama, dat was echt overduidelijk. Joy heeft het vast gehoord, dat moet wel.

'Heej mevrouw Castellee, is Mara hier ook?'

Ja, hoor... Gelukkig blijft mama altijd koeltjes tegen Joy. Ze is haar type niet. Maar Joy merkt niets. Ze kwebbelt gewoon door: 'O, kopen jullie een bh? Kapot vet. Ik heb er al drie.'

'Kapot vet? O, laat maar. Van zulke, met roosjes?'
'Duhh... Met kánt. Mooi, vet, gaaf, maar dúúr! Kom,
Marit.'

Ik krijg het koud in mijn ondergoed. Mijn katoenen
dingetje staat ineens maar goedkoop naast kant. Maar
ik krijg van mama vast never nooit zoiets duurs als
een kanten of satijnen bh. Ik moet het hiermee doen.
Wanneer gaat Joy nou eens weg? Ik heb zin om te
gillen dat ik een mooie, vet gave en dure string krijg.
Expres.

Buiten het pashokje is het stil. Dan klinkt mama's stem
weer, nu wat zachter: 'Zal ik komen kijken of moet ik
dat meisje van de winkel roepen? Joy is al weg, hoor.'
Ik gluur tussen de gordijnen door. Ze is echt weg.
Wel zie ik een hoop mannen de winkel rondstruinen.
Wat moeten die nou toch hier, vraag ik me boos af.
Ze moesten zeker mee van hun vrouw. Snel trek ik de
gordijnen weer dicht.
Mama stapt het hokje in. 'Vind je het zo eng?'
'Ja, het is echt leip.'
Mama lacht. Waarom moet ze nou lachen? Zelf roept
ze ook dingen als 'te gek' of 'tig'.

Maar we hoeven niet langer te zoeken, de roosjes-bh
past precies. En hij is ook niet te duur. Ook al vindt Joy
hem maar supersaai. Kan me niets schelen, ik vind die
roosjes mooi. En of ik dan ook een string mag? We zijn

er nu toch. En alle andere meisjes die ik ken, behalve
Jenny, dragen zo'n ding. Duhh... zo'n moeder heb ik
niet. Ze trapt er niet in. Jammer.

Als ik thuis de bh uit de tas pak en aan papa laat zien,
begint Kris te lachen. Papa knikt. 'Ja, mooi, hoor, Mara.'
'Een tietenvanger!', grinnikt dat lauwe broertje van me
gemeen. De snotneus. Als ik roep dat hij zijn mond
moet houden, schreeuwt hij het gauw nog een keer.
Broertjes... ik pak mijn bh vlug weer in.
'Cactus! Stekelbinkie!', gil ik.
'Hé, ophouden jullie allebei. Nu!' Papa kijkt ons streng
aan.
Ik knik. 'Ja, Kris, kappen.'

Vliegeren op
een stormstrand

Hoewel mijn kast al stampvol zit met truien en
sweaters met glimmertjes, lauwe laarzen en dure
spijkerbroeken, kan er nog wel een bh met roosjes bij.
Mama snapt niet dat mijn broeken zoveel geld kosten,
maar ik wel. Ze zitten gewoon goed. *Toevallig* een duur
merk, ja.

Ik leg het zakje met mijn bh erin achter mijn doos
met sieraden. Dan kan ik hem altijd pakken als ik
hem nodig heb, maar vandaag nog niet. Misschien
ga ik straks met mijn sieraden aan het werk, veel
belangrijker. Ik maak ze nog steeds zelf. Vroeger lijstte
ik de mooiste in, maar dat doe ik niet meer. De muren
raken ook te vol. In de passpiegel bekijk ik mijn gave
zilveren oorbellen. Die heb ik niet zelf gemaakt, maar
van mama gekregen. Ik mocht ze uitzoeken op mijn
favo-sieradensite www.ollcolors.nl Die hebben zulke
lauwe dingen.

Ik houd er eigenlijk niet meer van om dingen van
mama te krijgen. Het voelt eng, alsof ze het als
afscheidscadeau bedoelt. Nee, niet aan denken. Mama

is nu beter. Toch? De kankerballen zijn onvindbaar en ik hoop dat we ze voor altijd kwijt zijn. Mama heeft die oorbellen gewoon aan mij gegeven, omdat ze me sweet vindt. Ik blijf de hele tijd aan haar denken, als ik die dingen aan mijn oren voel wiebelen. Ik wil aan een vrolijke moeder denken, die van alles met ons doet. Als je ziek bent, ga je heus niet mee naar de winkel. Nou, daar heb je het al: mama is beter, want ze ging met mij mee naar de winkel om een bh te kopen en vanmiddag gaan we naar zee, een strandwandeling maken met ons vieren. De laatste keer dat we dat deden, is lang geleden. Mama en ik zullen wel weer achterop raken, terwijl papa en Kris kilometers vooruit lopen. Zo gaat het altijd. Maar dat is oké: eindelijk gaan we weer eens iets samen doen, als een gewoon gezin. Bijna saai...

Het is vanmiddag een beetje koud, maar de zon schijnt volop.

'Het waait alleen wat. Kom, we gaan van de laatste fijne dag genieten,' lacht papa. Hij stapt in de stationwagon en start de motor. De hele weg maken we grapjes en zingen liedjes als: "We zijn er bijna" en "Potje met vet" (mama kent geen andere).

Ik vind haar wel stil, maar sinds de borstkanker is ze gewoon een stuk rustiger geworden. Net of ze over alles heel hard na moet denken.

Op het strand waait het echt stevig. Dat doet het daar altijd.

O, lauw, Kris en papa hebben een zelfgemaakte vlieger meegenomen. Hij heeft felle, vrolijke kleuren. Geel,

blauw en groen. En de slingers zijn paars. Papa pakt
het handvat en laat wat touw vieren. Langzaam rolt het
van de klos. Het is de bedoeling dat Kris met de vlieger
achteruit loopt tot hij wind vangt en zelf gaat vliegen.
Duhh... de vlieger dan, Kris niet.

Het gaat een paar keer hartstikke fout en zowel de
vlieger als Kris maken een paar snoekduiken in het zand.
Maar dan gaat het eindelijk toch goed. Je kunt het wilde
wapperen van de slingers in de wind horen. En zien. Ze
vormen een mooi dansend lint. En dan ineens roept papa
naar mama: 'Mariska, is het touw wel sterk genoeg? Het
waait veel te hard. De vlieger scheurt nog!'
Ik zie het ook. De vlieger wil meer dan het touw aankan.
Hij wil verder, hoger. Hij trekt zich los... en nu is hij vrij!
Hij danst met zijn slingers de schapenwolkjes tegemoet.
Kris vindt het niet tof. Hij kijkt de vlieger beduusd na.
Ik moet ineens aan mama denken. Never nooit meer
ziek zijn... de wolkjes tegemoet. Vrij zijn. Lekker bij ons.
Niemand die ons iets kan maken. Zo moest het altijd
zijn. En zo ís het nu gelukkig ook. Mama is beter! Toch?
Ze heeft zo'n geluk gehad. Voor hetzelfde geld pakte de
kuur niet. En de pillen...
Als troost voor Kris gaan we met zijn allen naar
MacDonalds. Ik weet zeker dat ik altijd aan deze
bijzondere dag terug zal denken. Even een supernormaal
gezin zijn, zonder pillen of infusen.
En dan is het ineens weer een gewone, saaie
maandagmorgen waarop het regent. Volgens papa zijn
de fijne, vrije dagen nu op.

Cito-toetsen
zijn bagger!

Meester Jeroen zei het vrijdag al: 'We gaan het
maandag hebben over de cito-toets. Die krijg je om te
kijken naar welke school je na groep acht kunt gaan.'
Maar dat weet ik toch al? Ik vind het stom, ik wil alleen
maar naar een middelbare school waar ik sieraden leer
ontwerpen. Kralen van goud of zilver... wat heb ik aan
Frans of Duits? Of wiskunde?

'Zoals gezegd: cito-toets,' begint meester Jeroen. Hij
heeft zwarte, glimmende krulletjes en kuiltjes in zijn
wangen. Als hij glimlacht, worden die kuiltjes dieper.
Meester Jeroen kan iemand zo strak aankijken dat die
er helemaal verlegen van wordt. Ik vind het wel *cute* om
te zien, hoor. Maar Jenny schijnt er last van te hebben.
En dat kan ik van dichtbij bekijken, want Jenny zit
naast me.
Wanneer ze bijvoorbeeld aan de beurt is met voorlezen,
buigt ze zich helemaal over haar boek heen. Ze denkt
dat niemand zo haar rode wangen ziet. Die Jenny, zou
ze soms...

'Mara, wat zei ik net?'

Huh? Heb ik iets gemist? Iedereen in de klas staart me aan. Joy en Pascal grinniken.

'Over de cito-toets,' probeer ik slim en meester Jeroen glimlacht zijn prachtige kuiltjes.

'Wat precies over de cito-toets?'

Dat is vals! Nou, Jenny mag hem van mij lauw vinden, hoor. Waarom heb ik dan ook niet op zitten letten. Daarbij weet ik dat Steven ergens achter me zit. En nu word ik helemaal zenuwachtig. De pen waarmee ik zit te spelen, rolt uit mijn vingers, zo op de grond. Hij rolt en rolt totdat hij bij Steven terechtkomt. Duhh... ik sta op en vis de pen achter een van zijn stoelpoten vandaan.

'Nou?', klinkt de zware stem van meester Jeroen. Hij kan best streng zijn.

'De entreetoetsen,' hoor ik Steven fluisteren. Net iets te hard, helaas, want meester Jeroen hoort het ook.

'Bedank Steven maar, Mara, en ga zitten. Houd het nog even een kwartiertje vol. Dan is het pauze.'

'Moet Steven zelfs al voor gaan zeggen, bobbel?', treitert Joy. Ik doe net of ik haar niet hoor.

Ik lach naar Steven en plof op mijn stoel. Steven is een chille gast, een skater. Moet je hem zien zitten daar in die vet gave trui en zijn blonde krullen die bijna op zijn schouders dansen...

Nu mengt Angela zich in het gesprek. Angela is stoer met haar zwarte stekels en werkbroek. Ze roept: 'Doe ff normaal, joh, Joy! Kijk liever naar Arie. Je hebt sjans.'

Joy gilt: 'Kappen jij!' en iedereen begint te joelen. Arie krijgt een kop als een biet.

'Normaal praten, graag.' Meester Jeroen verheft zijn stem. Hij gaat verder waar hij is gebleven. Nog steeds over die stomme toetsen. Nou, pfff, ik zie wel. Ik wil echt alleen maar sieradenontwerpster worden, meer niet. En Jenny secretaresse. Dat is wel iets voor haar, zo'n keurig beroep. Ik zal haar eens vragen waarom we die stomme cito-toetsen zo goed mogelijk moeten maken. Jenny weet dat wel. Jenny weet alles.

Moet je zien hoe ze naar meester Jeroen staart met haar handen onder het hoofd. Zou ze soms verliefd zijn? Ik moet het haar gauw gaan vragen. Die Jenny. Verliefd op meester Jeroen.

Picknicken met olie

Als de les is afgelopen, komt Steven naar me toe. 'Ha Mara, ga je om vier uur vanmiddag mee picknicken?' Picknicken? Steven is zelf om op te vreten... Maar dat zal hij vast niet bedoelen.

'Dummi, ik wist niet dat het vandaag 25 graden was.' Ik kijk naar buiten. Daar plenst het.

'Wie zegt dat de picknick buiten is?'

Ik snap er geen bal van. Het is bijna oktober.

'Wacht maar af. Ik haal je thuis op. Van je kamer.'

Ik trek nu volgens mij heel hoge wenkbrauwen als Steven zich omdraait en lachend de klas uit wandelt.

Wat is hij van plan?

Ik hang mijn rugzak om en haal mijn schouders op. Jenny is haar jas al aan het aantrekken en ziet Steven weggaan op zijn skateboard. Ze grijpt me vast: 'O, kicken. Wat zei hij nou?'

En ik vertel haar wat Steven zei.

'Hè? Jouw kamer? Picknicken? Wow!' Jenny snapt er net zo min iets van.

'Als jij dan straks gezellig met meester Jeroen langskomt...'

'Mara!'
Jenny kijkt geschokt. En daar komt meester Jeroen net
voorbij. Hij glimlacht naar ons.
'Ewa, dames. Tot morgen.'
Jenny en ik staren elkaar verbaasd aan, daarna lopen we
giechelend naar buiten. De hele weg naar huis op de
fiets liggen we in een deuk. Maar wat zal Steven toch
bedoelen? Ik snap er geen bal van.

Thuis is het stil. Papa en mama zijn naar het
ziekenhuis voor controle. Dat is elke drie maanden zo.
Opeens gaat de telefoon, het is papa. 'Het loopt uit in
het ziekenhuis, Mara. Maak je even een boterham voor
jezelf? Kris is bij Bram.'
Als ik de hoorn neerleg, bedenk ik me dat ik geen
brood hoef te smeren. Steven komt me immers halen.
Voor de picknick.

Wanneer ik de bel hoor, moet ik me inhouden om
niet naar de deur te rennen. Hij staat er. Vet gaaf. En
wat heeft hij in zijn handen? Een vol dienblad. Het
ruikt heerlijk naar pasgebakken brood, roomboter
en jam. Wat een *cuty*! Met het wiebelende dienblad
loopt hij mij lachend voorbij, regelrecht naar mijn
kamer. Ik zie kromme broodjes, gespikkelde broodjes,
eitjes, boter, sap... wat kapot gaaf van hem. Dat het op
wegwerpborden ligt, maakt niets uit. Zo romantisch
heb ik niet eerder gegeten, laat staan gepicknickt en dat
op mijn eigen kamer! Waar heb ik dit aan verdiend?

'Hoe ben je nu op dat idee gekomen, Steven?'
'Gewoon, je lachte zo sweet naar me toen ik
entreetoetsen fluisterde. Trouwens, als grote mensen
superromantisch willen zijn, gaan ze picknicken. Of ze
boeken een cruise naar het Caraïbisch gebied. Dat werd
te duur. Of ze maken een maanwandeling. Maar daar is
het weer te licht voor.' Al praatte hij nu met volle mond,
liet hij een boer of een harde wind: boeit niet. Wat is-ie
een gangster!

'We kunnen het nog romantischer maken, wacht maar.'
Dat zeg ik nou wel, maar waar zijn mijn geurolie en
brander gebleven? Mama heeft ze toch hoop ik niet
weggegooid? Na haar chemokuren is ze zo vergeet-
achtig geworden.
'Wat zoek je eigenlijk?'
'Bluh,' mompel ik, met mijn hoofd tussen twee
kastdeurtjes in. Waar ligt het nou? Dan zie ik iets
bekends achterin liggen. Is dat... Steven komt
nieuwsgierig dichterbij.
'Wat is dat?'
Ik druk het zakje met mijn bh verder de kast in.
'Een theepot?'
'Nee, sukkel, gewoon een plastic zakje.'
Maar eigenlijk heeft hij me wel op een idee gebracht.
Daar is mijn oliebrander. Ik houd hem omhoog: 'Wat
een mooie ouderwetse theepot, hè.'
'Ja, net zo'n kannetje waar een geest inzit. Van Ali
Baba, die je drie wensen laat doen, weet je nog?'

'Ja, haha. Ik moet ook nog olie hebben, ergens...'
'Wat zou jouw allerliefste wens zijn, Mara?'
Met een ruk trek ik mijn hoofd uit de kast. Ik staar
Steven aan. Mijn allerliefste wens? Maakt hij nou een
grapje? Wat zou hij denken dat ik wens? Wil ik mama
beter hebben? Duhh... dat ik een mama heb zoals alle
andere kinderen?

Ineens schiet er een gedachte door me heen. Ik wil
iets heel gaafs voor haar doen, iets onvergetelijks, iets
geweldigs, iets fantastisch. Waarmee ik mijn gewone
mama terug krijg. Mijn eigen blije, lachende mama.
Maar wat zal ik doen? Een grote bos rozen voor haar
kopen? De hele kamer vol met rozen zetten? De vloer
dweilen? Afwassen? Wordt ze daar happy van? Maar ik
niet. Het moet iets anders zijn. Iets veel beters!

Steven slaat zijn ogen neer.
'O sorry, Mara. Ik weet wat jouw wens is.'
'Never mind,' zeg ik terwijl ik mijn brander en geurolie
op mijn bureau zet. Hoeveel van dat spul moest er ook
weer in, ff checken.
'Ik ben geen baby, ik kan daar best tegen, hoor.'
Steven legt een hand op mijn arm.
'Jij wel, ja. Wat zeg ik ook altijd een stomme dingen,
hè? Sorry.'
'Nee, ik ga iets moois voor haar doen. Waardoor ze...'
Ik voel ineens de tranen prikken en dat wil ik niet.
'Waardoor ze gewoon weer beter wordt, net als altijd,'

wil ik eigenlijk zeggen. En ik zou wel tegen Steven willen gillen: 'Maar mama is toch beter. Ze heeft gisteren nog met mij geshopt. Toen hebben we nog een bh gekocht.' Dat kun je toch met je moeder: lekker cool zijn. Maar ik kan dat allemaal niet roepen. Die rottranen komen eraan. Ik zie de geurolie niet meer, en de brander ook niet. Alles is wazig. Balen, stomme tranen! Ik wil ze meteen wegvegen en tegelijk mompel ik: 'Kapot irritant.'

En dan geeft hij me zo snel en woest een kus dat het pakje met de geurolie omvalt en alles over mijn bureau stroomt. De geweldige stank dringt door de hele kamer. Heftig! Het ruikt naar mama's parfum en niet zo'n beetje ook. Waarom lette ik niet beter op. Waarom kust hij me nou weer zo hard. Geeft hij me een keer een kus, gebeurt er dit... wat ben ik blond.
'Bweeeek!' Wanneer Steven zijn neus dichtknijpt, probeer ik met papieren zakdoekjes de stinkolie op te deppen. Maar het heet niet voor niets olie en niet lang daarna blinkt mijn hele tafel als een spiegel.
'Wat een *nasty* boel hier. Vind je me echt zo bagger?'
Ik lach naar hem. Dikke doei!
Alleen hoop ik dat de broodjes nu geen parfumsmaak hebben.

Slecht nieuws

Kris wordt thuisgebracht van het spelen bij Bram. Die woont een dorp verderop. Ik hoor hem in de gang roepen: 'Mara! Mara!' En dan: 'Gatsie, wat ruikt het hier lekker.' En ik hoor hem snuiven. 'Naar *odekolonje!*'
Hij stormt de trap op. 'Heb jij aan mama's dure stinkwater gezeten?'
'Nee!' zeg ik boos en ik schuif de broodjes in zijn richting. 'Dit hebben Steven en ik nog voor je bewaard. Lust je het? Als je tenminste een beetje normaal tegen me doet.'
Kris knikt blij. Dan snuft hij weer. 'Het komt hier uit jouw kamer.'
'Ja, Kris. Mijn geurolie is toevallig omgevallen. Nu heb ik wel lekker een mooi gepoetste tafel.'
Kris trekt zijn neus op.
'Wat je maar lekker vindt,' mompelt hij. Hij bijt in een broodje en trekt een vies gezicht: 'Dat smaakt raar... naar zeep!'
We lachen allebei.
Wat er ook verder gebeuren mag, deze onvergetelijke dag blijft toch verschrikkelijk romantisch. Het heeft niet eerder zo erg naar rozen geroken op mijn kamer.

Dan zie ik de lichten van onze stationwagon de oprit opdraaien.

'Papa! Mama!' Kris rent onmiddellijk naar beneden.

Ik volg wat langzamer. Wat zullen ze zeggen van die ontzettende parfumgeur? Hoe lang blijft die eigenlijk hangen?

Brrr, koud, die open voordeur. 'Doe de deur dicht', wil ik tegen Kris schreeuwen, maar net op dat moment komen papa en mama binnen.

'Hoi!' roep ik. 'Hoe was het?'

En dan zie ik gewoon dat er iets mis is. Papa en mama kijken wazig langs me heen. Zwijgend hangen ze hun jas aan de kapstok. Papa loopt direct door naar de keuken en mama gaat met een diepe zucht op de bank zitten.

'Wat zeiden ze, mama?'

'Van je borsten,' wilde ik eigenlijk vragen, maar dat vind ik stom. Wat zou ik flippen als ze aan mijn borsten zaten. Mama ook, zo te zien.

'Waarom zeg je nou niets?' zegt Kris. 'Wij hebben broodjes gehad, mama, van Steven. En Mara knoeide met de olie en nu smaakt alles naar stinkparfum. Heftig, hè, Mara?'

'Goed zo, jongen,' zegt papa.

Hoezo goed zo?

'Ik zet even koffie. Willen jullie ook wat drinken?'

'Hè?', Kris kijkt mij verbaasd aan. Heeft papa hem wel

gehoord? Maar dan vraagt hij niet verder en zet zijn
auto's in een lange rij. Hij vindt het best. Kris is dan
ook pas zes. Maar ik ben bijna twaalf en voel wel dat er
iets mis is. Ze ruiken die geweldige stank niet eens! Ze
zijn met hun gedachten totaal ergens anders. Mama
drukt me tegen zich aan.

'En? Ging het goed hier?'

Ik vertel nog maar een keer over Steven, de broodjes
en de vreselijke geurolie. Mama doet echt wel haar best
om een lauw antwoord te geven, maar dat lukt niet
goed.

'O? Broodjes met een luchtje?' Mama's ogen lachen
niet mee.

'Hoestnou, mama?', vraag ik dan.

Op hetzelfde moment laat papa de bus met koffiepads
vallen. Het deksel rolt op zijn kant de hele keuken door
en blijft tegen een tafelpoot liggen. De pads vliegen
alle kanten uit. Papa scheldt zacht en raapt alles op. De
koffiepads drukt hij gewoon weer in de bus, maar ze
zijn nu toch vies?

'Niet zo best eigenlijk,' zegt mama.

'Lange rijen, geen parkeerplek?' Ik probeer lollig te
zijn.

'*Was* het maar alleen de drukte,' mompelt mama.

'Hoe is het dan met je borsten?'

Papa is druk bezig met de koffiepads en de machine.
Alsof hij expres niet wil horen wat mama nu gaat
zeggen. Het is niet best, denk ik ineens.

'Het is teruggekomen.' *Het*. Een kort woordje. Maar met een grote betekenis. Als mama me aankijkt met haar blauwe ogen, zie ik dat ze bang is. Er flitst van alles door me heen. Wow! Hoe kan dat nou?

'Maar je voelde je toch oké?'

Mama knikt.

'Heb je de kankerballen weer?', klinkt het vanachter de bank.

Ik zie hoe papa in de keuken voor het aanrecht doodstil blijft staan. Hij doet niets met de kopjes, ook al zit er nu koffie in. Wat denkt hij? Met trage bewegingen haalt hij een paar glazen uit de kast en schenkt appelsap voor ons in.

Haren in stukjes

Mama drukt me nog dichter tegen zich aan. 'Ze gaan alles doen om het tegen te houden. Echt. Ze zetten gewoon opnieuw de beste wapens in.'
Ik knik. 'Maar dit keer echt de allerbeste, hè? De nieuwste. Niet die oude troep van de vorige keer.'
'Dat was alleen om te proberen.' Kris komt vanachter de bank tevoorschijn.
Waarom zegt mama nou niets terug? Ik zie haar mondhoek trillen.
'Mama?'

Papa komt de keuken uit, zonder dienblad, zonder koffie en zonder appelsap. Het staat allemaal nog op het aanrecht. Zijn armen hangen slap naar beneden. Hij ziet er erg down uit.
'We zijn terug bij af,' zucht hij en gaat bij ons zitten. 'De dokter heeft in mama's bloed een hele hoop slechte cellen gevonden.'
'Slechte cellen? Het monster was toch weg?' Kris kijkt papa vragend aan.
'Ja, maar ze hebben gezegd, Kris,' en papa haalt heel diep adem, 'dat áls het terugkomt, dán...' Hij kijkt

mijn broertje niet aan. Hij haalt zijn schouders op. In elkaar gezakt zit hij naast mama op de bank. 'Dan kan het heel snel gaan, zeiden ze,' fluistert papa. Hij grijpt mama's hand. Ik zie zijn knokkels wit worden. 'Maar we willen mama niet kwijt, dus we gaan er gewoon...' en zijn stem schiet heel raar omhoog, 'we gaan er gewoon weer tegenaan, toch, Maris?'

'Ja,' zegt ze.

'En je haren, mama?' Ik kijk naar haar mooie korte, donkerbruine krullen. Ze waren net zo mooi aangegroeid. Mama voelt er aan.

'Die zullen er weer afgaan, vrees ik. Eerst dacht ik: het is maar haar, maar het ziet er niet uit als je als vrouw in de spiegel kijkt en...' Mama slikt.

Kris aait haar over haar arm: 'Ach joh, haren in stukjes groeien net zo snel als haren in krulletjes. Weet je nog dat je dat altijd tegen mij zei toen ik niet naar de kapper wilde?'

Papa veegt langs zijn ogen. Hij huilt, ik zie het wel. Mama bijt op haar lip. Ze is bleek, ze trilt en haar ogen glinsteren.

'Ja, dat zeg ik altijd tegen jou, Kris. Het is zo te zien zelfs weer tijd voor de kapper.'

'O, dan mag jij mijn snoepje wel hebben, hoor mama.' Mama geeft Kris een zoen op zijn hoofd. 'Ga nog maar even spelen. Straks moet je naar bed.'

Er blijft een vreemde stilte hangen. Ik voel dat ik nog iets moet vertellen over de cito-toets, maar is dat belangrijk? Ik heb het er wel een andere keer over. Misschien morgen of zo... boeit niet.

In bed lig ik lang wakker. Arme mama. Was ze het net kwijt, die giftige chemotroep, slikte ze net pillen... en dan kan ze gewoon opnieuw beginnen. Zal het wel weer goed aflopen? Of gaat ze nu dood...?
Wat is doodgaan eigenlijk? Hoe zou het voelen? Als een groot niets? Of voel je in kleuren en is alles wit? Of zwart? 'Ik denk leeg,' kom ik er ineens achter, 'leeg, zonder mama.'
We gaan, als mama dood is, never nooit meer samen op vakantie.
Never nooit meer samen koekjes eten bij de thee.
Never nooit meer samen jongens checken...
Never nooit meer... niks meer...

Wat is het koud, hier. Ik bibber ervan. Mijn handen, mijn voeten, mijn neus. Alles voelt steenkoud. Ik gooi mijn dekbed van me af en spring mijn bed uit. Nou houd ik het niet langer, ik moet mama zien. Haar aanraken. Ze moet me warm maken. Nu! Ik ren naar de grote slaapkamer. Ze zijn alle twee nog wakker.
'Wat is er?', fluistert mama geschrokken. 'Wat ren je?'
'Mag ik bij jullie in bed?'
Papa bromt: 'Je bent niet de eerste. Maar kom er gezellig bij.'
Dan zie ik Kris tussen hen in boven het dekbed uit gluren: 'Kiekeboe, ik was er al.'

'Nee, hè.'

'Kom maar,' glimlacht mama en zo liggen we even later knus met ons vieren in het grote bed klaarwakker te zijn. Duhh... van slapen komt niets meer. En Kris ligt geen minuut stil. Hij is gewoon wild.

Maar ik kan ook niet slapen vannacht. Ik blijf me afvragen of mama dit keer echt wel weer beter zal worden. Onze moeder is kapot cool! Ik geef haar een dikke knuffel in haar warme nek. 'Ik hoop dat het weer snel goed komt.'

'Als dat zou kunnen,' hoor ik mama zacht terug zeggen. Ze slaat haar armen om me heen en ik kruip diep weg, ik leg mijn hoofd op een plekje tussen haar borst en haar oksels. Ik hoor haar hart kloppen. Ta-da-dam. Ta-da-dam. Heel rustig. Ik wou dat ik hier altijd zo kon blijven liggen. Want hier is het veilig. Wanneer Joy me zo zag liggen, zou ze me vast een freak vinden, maar dat moet ze dan maar doen. Ze ziet me toch niet.

Blaadjes gaan
ook dood

Zo wordt het langzaam ochtend en ik blijk toch
geslapen te hebben, zelfs in mijn eigen bed. Want
daarin word ik weer gewoon wakker. Papa en mama
kregen op een moment zeker genoeg van ons. We
pikten ook het hele bed in. Als je Kris zag rollen en
stuiteren. Duhh... ik ben helemaal niet uitgerust. Maar
ik moet toch naar school. Ik ben supervermoeid als
Jenny me ophaalt.

Op het plein is het een drukte van belang, zoals altijd
rond half negen. Van alle kanten stromen kinderen toe,
te voet, op de fiets, of bij papa of mama achterop. Ik zie
Angela in een van haar tuinbroeken heel hard de poort
in rennen. En Arie die weer zoals gewoonlijk dwars het
schoolplein over fietst.
Jenny en ik lopen met de fiets aan de hand het
fietsenhok in. 'Kom je vanmiddag na school mee naar
ons, Mara?' vraagt ze. 'Gaan we lekker kletsen op mijn
kamer, thee zetten en muziek luisteren.'
Teuten noemt mama dat. Maar mama is ouderwets. Ik
noem dat chillen.

'Aaight!' Ik knik naar Jenny. Ik wil chillen. Niet meer denken aan doodgaan en dat soort zaken. Mama gaat nog lang niet dood. Nog lang niet.

Joy komt binnenlopen met de fiets naast zich. Achter haar volgt het hele vriendenclubje, het gespuis van de klas, kun je beter zeggen. Ze hebben het over meester Jeroen.
'Hoe oud zou hij zijn?' Marit kijkt naar Joy. 'Jij hebt een au pair die ook ouder is. Jij hebt er verstand van. Anyway, hoe oud denk je?'
'Dat moet ik ff checken. Dertig of zo?'
'Wow', Pascal schrikt ervan. 'Dat is wel een echte oldie.'
'Zou hij getrouwd zijn of een vriendin hebben?' Isabels heldere stem klinkt boven de anderen uit en ik zie Jenny in elkaar krimpen. Ik weet zeker dat ze knalrood wordt, maar het is te donker in het fietsenhok om dat te zien. Het lijkt wel of ze ineens een fietsslot heeft dat maar niet dicht wil gaan. Of zou ze expres zo treuzelen, nu het over meester Jeroen gaat?

Jenny en ik lopen samen naar de klas en gaan op onze plek zitten. Jenny duikt meteen in een boek.
'We zullen het eens over de herfst hebben,' zegt meester Jeroen. 'Wie weet dingen die echt bij de herfst horen? Jij, Angela?'
Angela krabt stevig over haar zwarte stekels. 'Dat het kouder wordt.'
Meester Jeroen knikt. 'Ja. Jij, Tom? Nog iets anders?'

Tom schikt wakker en mompelt: 'De blaadjes die van de bomen vallen.'

'Aha, daar wilde ik net naartoe. Wie weet waarom die blaadjes vallen?' Joy weer: 'Omdat het winter wordt, duhh... ben je soms blond?'

Gejoel. Meester Jeroen knikt nog eens. 'Ja, maar hoe gaat het in zijn werk? Mara?'

'Die blaadjes gaan dood. Alles gaat dood.'

Alleen mijn mama niet. Niet mijn mama! Nog lang niet! Langzaam voel ik me warm worden. Volgens mij zie ik vuurrood. Zo voelt het wel in elk geval. Iedereen in de klas is even doodstil. Ze weten dat mama ziek is geweest. Maar ze weten niet dat het teruggekomen is.

'Bijna goed,' zegt meester Jeroen met een voorzichtig glimlachje. 'De boom laat zijn blaadjes in de winter vallen omdat hij anders uitdroogt. Blaadjes hebben namelijk veel vocht nodig. De volgende lente beginnen er dan opnieuw blaadjes aan te komen.'

Iedereen draait zich terug.

'Kom je na de les even bij me langs, Mara? Dan praten we even. Oké?'

Ik knik, maar zie tegelijk dat Jenny me bijna jaloers aankijkt. Ik moet echt eens vragen of ze soms verliefd is op meester Jeroen.

Babbelen

Als de anderen vertrekken, pak ik mijn rugtas
langzaam in. Ik moet toch blijven.
'Wacht je buiten in het fietsenhok op me?', vraag ik
aan Jenny, die naar de gang sjokt. Ze mompelt wat. Ik
versta het niet. Meester Jeroen veegt het bord schoon.
Als hij klaar is, gaat hij achter zijn bureau zitten.

'Nou Mara, vertel eens: hoe gaat het nu met je moeder?
Ik heb van juf Schiks begrepen dat ze borstkanker
heeft? Of heeft gehad?'
Ik knik. 'Allebei goed.'
'Allebei?' Meester Jeroen kijkt me vragend aan. Ik leg
het uit: 'Ze heeft het gehad en nu is het er weer. Dat is
gevaarlijk, zeggen ze.' Ik zie dat meester Jeroen schrikt.
'En, hoe is dat voor jou?'
'O, goed hoor. Mama wordt toch gewoon weer beter.
Altijd. De dokters weten niets van haar.'
In gedachten hoor ik weer haar hart kloppen tegen
mijn oor, zoals vannacht. Dat zal altijd zo blijven. Dat
houdt echt niet op. Onmogelijk. 'Mijn moeder gaat toch
niet écht dood, meester.'
'Ik ben blij dat je er zo over denkt en ik hoop dat je

gelijk hebt,' zegt hij. 'Als je maar weet dat je altijd met me kunt praten.'

Ik knik. Het zal wel. Waarom zeggen ze dat toch altijd?

'En Jenny? Mag die ook komen praten?'

'Ja, natuurlijk, maar waarom?'

'O, Jenny wil best over van alles praten. Als het maar niet over jongensdingen gaat, want daar heeft ze een hekel aan. Voor de rest...'

Meester Jeroen glimlacht. 'Ik zal eraan denken. Oké Mara, tot morgen maar weer.'

Ik ren de klas uit. Meester Jeroen valt best mee. Hij zal eraan denken om met Jenny te praten. Mooi. Dat kan ik haar meteen vertellen. In het fietsenhok. Als ik daar aankom, zie ik het gelijk: foute boel.

'En? Hoe ging het?' vraagt Jenny met een kwaaie kop. Ze zit op haar fiets, klaar om meteen weg te rijden.

'Het ging fantastisch, ik mag altijd komen praten.'

'Hm,' bromt Jenny, 'duhh...'

'Ja, ik heb meester Jeroen gevraagd of jij ook mocht komen praten.'

'Hè? Wat?' Ze kijkt me ontsteld aan.

'Ja, echt. En weet je wat hij zei? Dat het oké was. Ik heb hem meteen gezegd dat hij het dan maar beter never nooit over jongensdingen moet hebben.'

Even kijkt Jenny me superverbaasd aan. Wordt ze nu kwaad of toch niet?

'Hahahahaha, heb je dat voor mij gezegd?'

Er kijken een paar overgebleven kinderen in het

fietsenhok nieuwsgierig naar ons, maar dat maakt niets uit. Ik ben veel te blij dat deze Jenny weer de Jenny is die ik ken.

Uitgelaten begint ze nu te vertellen. Als ik vraag of ze meester Jeroen wel lauw vindt zegt ze: 'Super! Maar je mag het tegen niemand zeggen. Zweer dat je het tegen niemand anders zegt, Mara?'

Ik knik. 'Oké, walla. En nu?'

'Ga je mee naar mijn huis? Mickey heeft iets moois gekregen dat ik je wil laten zien. Even uitproberen, daar merkt ze toch niets van. En als het goed staat, ga ik het ook kopen. Echt gaaf spul, Mara.'

Ik ben hartstikke nieuwsgierig naar *het gave spul*. Maar eerst rijden we naar mijn huis, waar papa in zijn werkplaats bezig is aan een schilderij of wat anders. Papa is kunstenaar. Hij maakt reclames voor de televisie en decorstukken voor filmpjes. Hij is altijd met iets moois bezig. Eigenlijk mogen we niet zomaar bij hem naar binnen lopen. Dat stoort hem te erg. Maar ik denk er even niet aan, gooi mijn rugzak in de gang en doe de tussendeur open: 'Papa! Ik ga met Jenny mee, oké?'

Hij staat voor een schilderij, met een kwast in zijn hand en een in zijn mond. Wat een freaky schilderij, zeg. Er zit heel veel zwart en rood in. Ik zie schreeuwende mensen zonder geluid, en een donkergrijze lucht.

'O, papa. Ben je erg depri?'

Hij draait zich naar me om. Hij is al heel donker van zichzelf, zijn haren, ogen, zijn wenkbrauwen en nu, samen met die zwarte kleren en vegen op zijn gezicht, en met daarachter dat dreigende schilderij, lijkt het wel of ik voor een grote donderwolk sta. Kapot bagger.

'Mama ligt op bed.'

'Nee, ik hoef mama niet te hebben, ik wilde alleen maar zeggen dat ik naar Jenny ben. Oké?'

Ik weet niet waarom ik dat vraag. Misschien voel ik me wel schuldig, omdat ik weg kan en hij bij mijn zieke moeder blijft?

Papa knikt. 'Ga maar, Mara. Kris komt toch zo thuis met oma. Wij zijn dan naar de dokter. Heb plezier.'

Ik voel me er even down onder. Het is net of hij erachter wil plakken: 'nu het nog kan.' Mag ik hem wel alleen achterlaten, zo? Aan de andere kant: door zijn werk verdwijnt zijn boosheid, dat heb ik al zo vaak gemerkt.

Dan voel ik Jenny aan mijn arm trekken. 'Kom.'

Vierkleurenspul

Het huis waar Jenny, haar moeder en haar zus wonen, staat in een rijtje van zes. Het is er gezellig. Een mooie herfstkrans hangt aan de voordeur en binnen staan grote glazen vazen met lange takken en lampjes erin. 'Wow,' lach ik. 'Kijk nou hier, kerst is al begonnen.' 'Nee joh, dat is hip. Dat hoort zo,' zegt Jenny. Er is niemand thuis. Mickey zit nog op school en Jenny's moeder poetst bij mensen thuis. Ze blijft nog een paar uur weg. Jenny heeft een eigen sleutel. Haar ouders zijn gescheiden, nu zo'n vier jaar geleden. Toen is haar vader vertrokken. Er was zoveel ruzie in huis dat ze blij is dat hij weg is. Ik zou er niet aan moeten denken. Trouwens, daar hoef ik ook helemaal niet over na te denken: mama wordt toch gewoon weer beter, net als eerst.

Jenny's moeder is niet ziek, maar ze rookt veel. Zou ze niet weten dat je daar longkanker van kunt krijgen? Misschien moet Jenny toch een keer longfoto's van het internet plukken van mensen met rokerslongen. 'Bah, wat een lucht.' Ze gooit een raam open. Volgens haar is het door de scheiding gekomen dat haar moeder er zoveel opsteekt. Uit woede.

'Ga je mee naar boven? Mickey heeft het op haar kamer staan.' Jenny rent de traptreden omhoog en ik volg wat langzamer.

Mickey's kamer ziet er heel netjes uit, alles in zwart-wit. Jenny plukt een doosje van de kaptafel en gaat ermee naar haar eigen kamer. Het is daar ook zo netjes. Ik zorg ook altijd dat mijn kamer er vet uitziet. Mijn stoel ligt dan wel vol kleren, het blad van mijn witgelakte schrijftafel is helemaal leeg. Dat vindt mama altijd prachtig. Ik houd nog steeds van witte kleuren en pastel.
'We mogen hier best wel wat van hebben.' Jenny pulkt het deksel van het doosje. 'Ze gebruikt het bijna nooit, alleen als ze uitgaat. Je hebt er maar weinig van nodig, dus ik moet voorzichtig zijn.'
'Wat is het eigenlijk?'
'Bodyglitter. Dit kun je overal op- of indoen. Een heel klein beetje van dat vierkleurenspul in je haar staat kei gruwelijk. Kijk, ik dacht met Halloween...'
'Ja?' Dan bestaat onze school 50 jaar. Feest!
'Dan...'

Het dekseltje wil maar niet los. Terwijl Jenny wrikt en draait, denk ik aan het schoolfeest. We gaan ons verkleden. En er komt een film. Een hele freaky film. En de school wordt versierd, met spinnen en spinnenwebben. Wij kennen Halloween alleen van de pompoenen, maar eigenlijk was het vroeger Nieuwjaar.

Maar dan op 1 november. Dat heeft meester Jeroen ons verteld.

Net als ik tegen Jenny wil roepen: 'Lelijk!' omdat ze dat doosje maar niet openkrijgt, schiet het deksel omhoog. Alle glitters vliegen eruit en dwarrelen in het rond en over ons heen. Het lijkt wel of we in een glitterbui staan en Jenny en ik staren elkaar als bevroren aan. Kapot balen!

We proberen het spul met onze handen op een hoopje bij elkaar te vegen en terug in het doosje te stoppen. Maar het lukt niet, het blijft niet alleen aan onze handen plakken, aan alles. Ook aan de vloerbedekking en het komt in onze haren. Vierkleurenglitter. Superfijn. Hoe we onze kleren ook uitkloppen tot we er lamme armen van krijgen en met onze hoofden schudden tot we er tureluurs van worden, het blijft erin zitten. Statisch heet dat.

'Vet spul,' mompelt Jenny, 'Mickey heeft altijd vet spul, dat had ik moeten weten.'

'Ik ga naar huis, Jenny. Gauw douchen. Laterz!'

Jenny knikt. 'Ja, ik ook, voordat Mickey thuiskomt.'

Ik spring op de fiets en race naar huis met mijn schitterende haren. Als ik maar niemand tegenkom. Vooral niet van dat gespuis dat bij Joy hoort. Die glitter zal er toch wel uitgaan? Ik had mama nog zo beloofd om niets meer met mijn haar te doen. Eerst was ik een mislukte clown met mijn oranjegroene plukken en nu voel ik me net een schemerlamp. Ik geef licht...

Glitteroma

Het is precies half vijf als ik mijn fiets in de berging zet
en de gang instap naar de woonkamer. Heel zachtjes,
want ik wil eigenlijk niet gezien worden door mama,
papa, of, nog erger... 'Hé, je lijkt wel een kerstboom!
Bling bling.'
Nee hè, Kris heeft me toch gezien. Maar waar zit hij
dan? Achter de bank. Duhh... ik zie hem nu om het
hoekje gluren. (Oogjes en stekeltjes.)
'Doe ff normaal!' roep ik terug. 'Dat hoort zo. Het is
hip. Dat jij niet weet wat dat is...'
Kris komt nieuwsgierig achter de bank vandaan. 'Je ziet
eruit ziet of je door een doos vol kapotte kerstballen
gerold bent.'
Dat heeft hij nog bijna goed ook.
'Ik ga even douchen, Kris. Als papa en mama
thuiskomen, zeg dan... '
'Dan zeg ik dat je de kerstboom van je aan het afwassen
bent.'
'Waar is oma?'
'Boven.'

Oma staat onze kleren te strijken in de speelkamer. Als

ik binnenkom, zie ik dat ze snel een zakdoek in haar broekzak stopt.

'Ha, meissie,' lacht ze breed. Ze denkt dat ik het niet gezien heb, maar ik weet het best: ze heeft gehuild. Dat zie je heel duidelijk aan haar ogen en aan de rode vlekken in haar nek. Ik heb oma nog niet eerder zien huilen, en toch weet ik het.

'Wat is er? Huil je, oma? Ben je zo happy dat ik er ben?' Oma lacht door haar tranen heen en aait me over mijn glitterhaar.

'Ja meisje, ik ben ontzettend blij dat je er bent. Wat er ook gebeurt: ik zal altijd van je houden. Je lijkt zoveel op je moeder.' Ik slik. Wat trilt haar stem.

'Wazzup oma?'

'Het is alweer over. Wat heb jij hier nou in zitten? Zand?'

'Nee, vierkleurenglitter. Jenny wilde het me laten zien. Het zat in een doosje en stond op de kamer van haar zus. Maar het vloog er zo uit...'

Oma schiet in de lach.

'Jij bent me ook een mooie, Mara.'

'Maar ik heb het niet gedaan. Jenny deed het!' Ik kijk oma verontwaardigd aan. 'En nu wil ik gauw gaan douchen, voordat mama het ziet.'

Meteen is de droefheid in oma's bruine ogen terug. Ze kijkt me vanachter haar brillenglazen een beetje vreemd aan. 'Ik weet niet of je mama het wel ziet. Ze is met heel andere dingen bezig op het moment.'

Ik ga met een zucht op een stoeltje zitten. Er ligt een half afgemaakt treintje op de vloer en ik geef er een schop tegen. Nog een.

'Ze heeft weer pijn, hè?'

'Ja en het is niet goed, Mara... ik heb het gevoel of ik heel lang met je zou moeten praten, maar ik weet niet wat ik moet zeggen. Hoe kan ik het zeggen... je weet toch dat je altijd met opa of mij kunt praten?'

Ik knik. Ik kan met iedereen komen praten tegenwoordig. Over van alles en nog wat. Ze willen allemaal dat ik langskom. Maar waarover moeten we het hebben? Met kinderen praten grote mensen zo anders. Ze denken dat je het niet snapt als je vader of moeder ziek is. Wij zien dat ook wel, hoor. Ze mogen me best zeggen wat het precies is dat mama heeft: kanker. En wordt ze wel ooit beter? No way, zo zeggen ze het niet, want dat vinden ze zielig voor me, die oldies. Maar wat heb ik nou aan zo'n half gesprekje van niets? Ik zucht. Bah, ik voel me niet tof.

'Ze blijft toch gewoon leven, hoor, oma.'

Ik sta op en ga douchen. Oma zucht.

Na een kwartier heb ik nog steeds helemaal niet het idee dat alle glitter uit mijn haar is gegaan. En dat klopt ook, want als ik even later voor de spiegel van mijn kamer sta, schittert mijn haar me vrolijk tegemoet. Balen.

'Kom eens hier, Mara,' zegt oma. 'Dan zal ik je haar borstelen. Straks is het er voor een groot deel uit.'

Ik geloof er niets van. Maar oma pakt de borstel van mijn kaptafel en met lange slagen gaat ze langzaam lok voor lok door mijn haar. Ik voel me een standbeeld. En van dat superstil zitten krijg ik kramp. Maar eindelijk roept oma dat het er allemaal uit is. En als ik naar haar kijk om haar te bedanken, schiet ik in de lach. Oma heeft zo dicht tegen me aan gestaan dat zij nu zelf helemaal glitteroma is!

Op dat moment roept Kris dat papa en mama terug zijn. Oma en ik lopen de trap af. Ik vind papa en mama maar stil. Weer hangen ze zwijgend hun jas op.
Ik kijk van papa naar mama en terug. Ik wacht op papa's knipoog, op mama's glimlach, maar die komen niet.
'Hoe...?', vraagt oma.
'Mama gaat de pillen weer inruilen voor chemo... we proberen het gewoon opnieuw.'
De dreun die dat bericht geeft, voelen we tot in onze tenen. Wéér die baggertijd. Wéér de grote kans dat de medicijnen niet aanslaan. Wéér denken: blijft ze wel leven? Of gaat ze tóch dood? Maar het is mijn moeder. *Mama gaat niet dood, mama gaat niet dood, mama gaat niet dood...* ratelt een zinnetje door me heen. En nu kappen!
'Stop!' Ik sla mijn handen voor mijn oren. Ik kan het woord niet langer horen. 'Je gaat niet dood, mama. Houd vol!'

Papa doet geen moeite om zijn tranen weg te poetsen, maar mama, die ze naar beneden ziet rollen, veegt ze van zijn wangen af. Met één vinger. Heel zachtjes. Heel traag. Heel lief. Zoals mijn moeder is. Ze glimlacht en aait over de lijnen langs zijn mond, over zijn lippen.
'Het komt misschien tóch wel goed, Jorn.'
Papa vouwt trillerig zijn hand over die van mama heen.
'Probeer het opnieuw, Maris. Voor iedereen hier.'
Oma staat een tree hoger achter mij op de trap. Ik hoor haar sniffen. Kris laat zijn auto's in de steek en kijkt ons verbaasd aan: 'Hoe kan dat nou? Zonet zat Mara helemaal onder dat glinsterspul en nu jij, oma. Hoe hebben jullie dat gedaan?'

's Avonds in bed droom ik over mama die liters glitter door een infuus krijgt. Glinstertje voor glinstertje. 'Het komt misschien tóch wel goed,' zegt ze. Zo is het. En ik ga daarbij helpen. Wat kan ik doen om haar gezond terug te krijgen en weer happy te maken? Moet ik ff checken.

Verraden

Ik schrik wakker. Vandaag gaat meester Jeroen het weer met ons over de komende cito-toets hebben. Maar mijn wekker is niet gegaan, of ik heb hem uitgezet? Duhh… dat kan ook. Volgens mij ben ik te laat. Ow, bagger, maar het valt mee. Acht uur. Het kan nog net. Ik moet van papa en mama goed luisteren wat ze op school over de cito-toets vertellen, maar dat vind ik supersaai. Is dat zo belangrijk dan? Ik blijf het maar onzin vinden, omdat ik toch al weet wat ik wil gaan doen. Echt niet vergeten om aan Jenny te vragen waarom het nodig is dat je de cito goed maakt. Ik vergeet haast mijn schoenen aan te doen.

De bel gaat. Jenny! Ik pak mijn jas en tas en doe de voordeur open. Mijn oog valt meteen op haar blonde haren. Ze schitteren in de bleke ochtendzon.
'Zeg maar niets. Cool hè?', mompelt ze.
'Mama's borstkanker is teruggekomen,' zeg ik ineens, als we de weg oprijden. Jenny knalt bijna tegen een geparkeerde auto op, zo schrikt ze van mijn bericht.
'Ze moet opnieuw chemo. Maar ik snap het niet. Het was toch verdwenen? Kan het monster terugkomen?'

Jenny knikt. 'Ja, dat kan. Bij mijn buurvrouw is dat ook gebeurd. En toen is ze... dus nu vallen straks haar haren opnieuw uit?'

Ik weet wel wat Jenny eigenlijk wilde zeggen. Dat haar buurvrouw eraan is doodgegaan. Ik zie de mensen wel kijken, zo van: 'Daar loopt Mara, je weet wel, die van Castellee. Wanneer zou die moeder nou doodgaan?' Ze bekijken mama of ze een levend lijk is. Ik zou ze wel toe willen schreeuwen: 'Mijn mama gaat niet dood, hoor. Toevallig nog láng niet! Kijk! Kijk dan goed, knijp in haar arm. Ze leeft!'
Bah, ik heb ineens geen zin meer in Halloween. Misschien ben ik dan wel ziek. Ik hoef geen skeletten te zien.

Jenny vraagt iets: 'Hoe gaat het nu thuis?' Ze kijkt bezorgd mijn kant uit. Ze vindt het ook gruwelijk lelijk voor ons. Wel sweet van haar. We fietsen tegen de wind in. Ik stamp op mijn trappers.
'Och, mama houdt zich goed, heel rustig. Maar papa is zo down. Hij zit stil voor zich uit te staren naar de televisie. Hij denkt dat ik dat niet merk, maar dat doe ik wel, duhh... en hij maakt heel freaky schilderijen. En Kris, ja, Kris is gewoon Kris gebleven. Gelukkig.'
Jenny glimlacht. Ja, Kris kan ze zo voor zich zien.
'Zal ze nu wel doodgaan, wat denk jij?' Het is eruit voor ik er erg in heb. 'Ik denk zelf helemaal van niet, hoor, maar jij?'

Jenny ploft met twee voeten tegelijk op de grond, de fiets tussen de benen geklemd. Ik sta ook geschrokken midden op de weg stil. 'Dat weet toch niemand, Mara. Wat denk je zelf?'

'Ze redt het. Tuurlijk. Net als eerst.'

We stappen weer op onze fietsen.

'Goed zo,' zegt Jenny, 'dat denk ik ook. Ze zal het wel redden. Ze moet het overleven. Ze is de moeder van mijn beste vriendin.'

'Zal ik die cito wel overleven?' Dat is óók belangrijk. 'Weet jij eigenlijk waarom we de cito-toetsen zo goed moeten maken?'

Jenny knikt. 'Ja, dat weet ik. Omdat we dan samen naar het Hugo de Groot Lyceum kunnen, dummi. Dat wilde je toch? Nou, als ik jou was, zou ik ze supergoed maken. Kom, we moeten er even de sokken in zetten, anders wordt meester Jeroen echt kwaad.'

'Op jou wordt hij vast niet kwaad,' lach ik en Jenny giechelt: 'Wel waar.'

'Hopelijk zijn we nog op tijd.'

Als wij het schoolplein op komen, is er niemand meer. Normaal is het verboden het plein over te rijden, maar nu ziet het toch geen mens. En we hebben haast...

In de gang horen we meester Jeroen al over de toetsen vertellen. We hangen onze jassen snel op en lopen het lokaal binnen. Het is er stil. Joy veert op.

'Ach Jenny, door welke stofwolk ben jij gereden?' Joy!

'Pas op dat je niet afgeeft.'

'Ze heeft de glitters gezien.' schiet er door me heen.
Ik ga straks Jenny's haar net zo borstelen als oma het
mijne. De andere kinderen beginnen nu ook door
elkaar te praten en te lachen. Het gespuis reageert:
'Moest je opvallen voor meester Jeroen?', roept Pascal.
'Kapot bagger.'
En dan kijkt Jenny naar mij. 'Trut.' Ze wordt knalrood
en ploft boos op haar stoel neer. Ik hoop niet dat ze
nu denkt dat ik iets verraden heb. Arme Jenny. Als er
iemand is die juist niet wil opvallen, is zij het wel.

'Genoeg zo.', klinkt de stem van meester Jeroen
plotseling luid en duidelijk. Hij lijkt niet echt verliefd.
'Omdraaien iedereen. Jullie waren naar mij aan het
luisteren.'
En hij vertelt verder. Over de poppetjesgrafiek. Daaraan
kun je zien op wat voor soort school je het best past.
En hij legt ook alle afkortingen uit, die ik meteen weer
vergeet. Ik moet de hele tijd aan Jenny denken. Ik heb
toch niemand iets over meester Jeroen verklapt? Jenny
denkt blijkbaar van wel, want zij kijkt me niet meer
aan. In de verte hoor ik meester Jeroen weer praten.

'Ik zei: we gaan een schoolvragenlijst beantwoorden.
Tom, jij zit naast de stapel. Ik zou zeggen: deel maar
uit.'
En terwijl Tom de lijsten ronddeelt, sis ik naar
Jenny: 'Psssst, psssssst!' Maar ze reageert niet. Zie je

wel: boos. Joy begint te zeuren. 'Meester, er zit een sissssssende ssssslang achter me die nog kan praten ook.' De hele klas ligt dubbel. Lollig.

Sommige kinderen zijn al ijverig aan het schrijven. Dan moet ik ook maar beginnen. Mijn oog valt meteen op deze zin: *Ik vertel wel eens een leugentje.* Je kunt *ja* invullen, *dat weet ik niet* of *nee.* Jenny zal wel denken. En dit dan: *Ik word in deze klas snel afgeleid.* Poehee. Vinden ze dat soms loco? En wat heeft dit nou met sieraden te maken?

Superslim

Jenny gaat om half vier, als de zoemer gaat, heel snel de klas uit.

'Hé softy, moet je meester Jeroen de groetjes niet doen?', roept Joy haar na. Het hele lokaal gilt en stiekem kijk ik naar meester Jeroen. Die zucht eens diep.

'Joy, doe niet zo vervelend.' Hij pakt zijn spullen in. 'Joy, jij hoeft niets te zeggen, jij bent zelf op Arie.'
Angela's heldere stemgeluid hoort iedereen en Joy vliegt uit haar stoel omhoog. Angela zwaait naar haar. Nee, Angela hoort zeker niet bij dat gespuis, gelukkig maar.

'En nou allemaal stoppen!' roept meester Jeroen boos. 'Hoe zeggen jullie dat: kappen! Wie is er nog meer op wie? Dan hebben we dat vast gehad.'
Zevenentwintig vingers wijzen nu naar Steven en mij. Meester Jeroen knikt. 'Goed zo. En nu wil ik er helemaal niets meer over horen.'
Iedereen pakt zijn tas verder in. Er wordt nog wel gelachen en gepraat, maar zachtjes.

Ineens staat Steven naast me.

'Hoestnou, Mara?' Hij zegt het op zo'n zachte toon dat ik wel kan huilen. Maar duhh... dat doe ik niet.

'Och, Jenny denkt dat ik haar verraden heb. Iedereen weet dat ze op meester Jeroen is.'

'En?'

Ik word kwaad op Steven. 'No way! Dat heb ik dus helemaal niet gedaan.'

'Oké, oké...' Hij begint me te helpen met het inpakken van de laatste spullen. Hij vindt het lang genoeg duren. 'Dan weet ik het ook niet. Wie dan wel?'

Nu fiets ik samen met Steven hand in hand naar huis, dat voelt wel een beetje vreemd: zo klef rijden over hetzelfde stukje waar ik pasgeleden met Jenny lachend en kletsend reed.

'We moeten echt uitzoeken wie het dan wel gedaan heeft,' begin ik. Ik denk meteen aan Joy en haar groepje. Ik weet zeker dat Steven dat ook doet. Maar stel nou dat het Joy niet was... Nu schaam ik me gewoon dat ik eerst zo graag bij haar groepje wilde horen. Maar gebeurd is gebeurd en ik wil er liever niet meer aan denken. We moeten het voor Jenny uitzoeken. Dat zou ze voor mij ook doen, dat weet ik zeker. Jenny is al bijna dertien en dan heb je veel verant... verwoor... verander... verantwoordelijkheids-gevoel. Poehee, wat een woord. We kunnen eens aan andere kinderen gaan vragen of ze wat gemerkt hebben. We kunnen een val uitzetten. We kunnen... ik ben zo druk aan het plannetjes maken dat ik helemaal niet hoor dat Steven me iets vraagt.

'Heej, is daar iemand? Ik vroeg of je ook naar het Halloweenfeest op school gaat?'
Ik weet het nog zo net niet, met al die skeletten, maskers en andere freaky dingen.
'Dan kunnen we ook onopvallend uitzoeken wie die dingen over Jenny heeft doorverteld.'
Ik kijk Steven verbaasd aan. Daar had ik nog niet eens zelf aan gedacht.
'Wow, jij bent wreed! Oké, dan.'
Hij grijnst. 'Dat heet gewoon superslim. Ik kom je de avond van de dertigste oktober om acht uur ophalen.'
'Goed.'

Ik ben thuis. Er staat een vreemde auto op de oprit. Van wie is die? Angstig stap ik van de fiets. Ik vertrouw het voor geen cent, telkens als er bij ons een vreemde auto staat, voorspelt dat niets goeds. Dat is het hele afgelopen jaar zo geweest.
Steven stapt ook af. 'Ik ga met je mee,' zegt hij op besliste toon en hij duwt me zachtjes naar de deur van de berging. Ik zet mijn fiets binnen en doe de deur naar de keuken trillend open.
Er zit iemand aan de eettafel die ik niet eerder gezien heb. Een oudere mevrouw met donkerblond, steil haar. Ze ziet er wel vriendelijk uit, maar het is geen lollige

bijeenkomst, dat merk ik meteen. Je hoort alleen de klok: 'Tik... tik...'

Op tafel liggen een paar vellen papier. Papa zit naast mama die druk bezig is, zo'n vel te beschrijven.
Vandaag heeft ze gelukkig haar krullen nog. Ik houd scherp in de gaten wanneer ze weer beginnen uit te vallen.
'Hé, hallo!' zegt de vreemde mevrouw. 'Jij moet Mara zijn.'
Ze staat op en geeft me een hand. Ze is lang en ze glimlacht. 'Ik ben Janine, de maatschappelijk werkster. Ik had jou nog niet eerder gezien. Je broertje achter de bank heb ik net ontmoet.'
Kris zit daar heel stilletjes te bouwen met zijn Lego.
'Ik kwam even dit papier afgeven, een paar boekjes en foldertjes. Ik ben zo weer weg, hoor.' En dan zegt ze tegen papa en mama: 'Maar ik ben altijd bereikbaar. Overdag, 's avonds, 's nachts... Als er iets is, kunt u me altijd bellen. Jij ook, hoor, Mara. Je mag altijd even met me praten.'
Ik knik. Tuurlijk. Maar waarom zou ik? Ik haal mijn schouders op.
'Dat legt je papa je straks wel uit, oké?'
Papa zegt: 'Ja, dat komt perfect in orde.'
'Tot de volgende keer, dan,' zegt Janine. Ze loopt de kamer uit, de gang door, en dan horen we de voordeur in het slot vallen.

'Wat is een maat... maat... pfff... maatschappelijk werkster eigenlijk?', vraag ik.

'Zij helpt ons met van alles,' zegt papa. 'En als we ergens niet uitkomen, mogen we haar bellen.'

'Wat heb je daar nou aan? Wij kennen die vrouw toch helemaal niet?'

'Maar zij weet veel van eh... nou ja... van dingen, die wij niet weten. En zo.' Hij weet het zelf ook niet.

'Ik ga haar echt niet bellen, hoor.'

Ondertussen is mama klaar met schrijven. Ze legt de vellen op een stapel. Als ze naar Steven en mij opkijkt, schrik ik van de donkere kringen onder haar ogen. Ze ziet er erg moe uit.

Ze lacht. 'Zo, ik moest nog even wat regelen, maar nu is het klaar.'

Papa ziet er nu nog witter uit dan daarnet. Mama stoot hem aan: 'Moest jij niet wat aan Steven vragen, Jorn?'

Papa knikt. 'O ja. Eh... Steven, ga je even mee?'

Daar krijg ik een beetje een jaloers gevoel bij; ik kan er niets aan doen. Waarom wil papa iets aan Steven vragen en niet aan mij? Niemand vraagt mij wat. Zelfs mijn eigen vader niet. Kapot balen.

Papa strijkt wat ongemakkelijk een hand door zijn donkerbruin 'gordijntjeshaar' en loopt naar de keuken. Steven staat verbaasd op en volgt hem. De deur gaat achter hen dicht.

'Wat gaan ze doen, mama?'

'Och niets, papa wil hem iets vragen.' Wow, zeg, daar heb ik wat aan.

'Dat kan hier toch ook?' Maar ze sluit haar ogen en
zwijgt. Nou ja. Zucht. Te weten kom ik het toch wel.
Steven en ik hebben geen geheimen voor elkaar.

Na een poosje komen papa en Steven met rode ogen
de keuken uit. Ik hoef niet lang te raden waar ze het
over hebben gehad. Maar waar ging het precies over?
Ik hoor papa nog zeggen: 'Fijn, jongen, dat je dat wilt.'
Wát wilt?
Kris merkt ook iets. Hij komt naast me staan, met een
auto in zijn hand. Ik weet niet hoe dat nou zo komt,
maar ik heb gewoon zin om hem te knuffelen. Hem
even te voelen. Maar als ik een arm om hem heensla,
begint papa te schokschouderen. Hij draait zich om
en verdwijnt weer door de keuken, regelrecht naar zijn
atelier. Vandaag zag ik daar weer zo'n nasty schilderij
staan, een nieuwe, weer met veel rood en zwart. Je
wordt er al heel down van als je het alleen nog maar
ziet. Stel je voor dat je het ook nog moet schilderen.
Wat heb je daar aan? Niet zoveel.
Kris kijkt mij met bange ogen aan. 'Wat is er met papa,
Mara, weet jij het?'
'Laat hem maar even,' zegt mama en Kris gaat weer stil
naar zijn hoekje achter de bank.
Steven haalt zijn jas op uit de gang. 'Sorry, Mara.
Ik moet racen, ik had een half uur geleden al thuis
moeten zijn. Hoestnou?' Hij kijkt me erg bezorgd aan
met zijn mooie blauwe ogen.
'Alles chill.'

De bult

Mama staat op van tafel.
'Ik ga rusten.' Ze loopt de trap op, als ik Steven uitlaat.
No way... hoe kan ze nou gaan rusten terwijl ik van
alles wil weten? Wat er allemaal gebeurt, bijvoorbeeld.
Papa en Steven doen maar koekwaus en zij gaat
gewoon rusten. Mij wordt weer niets verteld. Volgens
mij weet Kris al meer dan ik, hij is zo stil. Als ik bij
hem kom zitten om met hem mee te doen, breekt er
een lach door op zijn gezicht.
'Ik dacht dat jij auto's en Lego maar niets vond?'
'Vandaag wel. Kom, spelen.'
Kris sleurt meteen een auto tegen mijn knie. Au! 'Kijk
Mara, deze heeft een trekhaak!'
'Ja, dat voel ik. Cool.' Ik grom wat. Het kan me eigenlijk
niet echt schelen. Al heeft hij er honderd. Boeit niet op
het moment. Nou ja, omdat ik toch blijkbaar niet mag
weten waar iedereen het over heeft, pak ik ook maar
een auto. Met trekhaak!
'Zullen we naar elkaar overrijden?'
'Ja', jubelt een blije Kris.
'Jippie, dope,' mompel ik.

De volgende ochtend staart een dikke pukkel op mijn kin me vanuit de spiegel aan. Ow, het ziet er niet uit, die rode bubbel... dat is niet tof. Wat zou het zijn? Verkoudheid of iets anders? Toch niet wat mama heeft? Bij elk verdacht ding, hoe nietig ook, moet ik tegenwoordig aan kankerballen denken. Die heb je namelijk in alle kleuren en maten. Dit is ook een piepklein balletje, maar wat voor een weet ik niet. Wel een lelijk ding, in elk geval.

Ik ren de gang op. 'Kapot bagger. Papa, mama, ik heb ook balletjes!'

Het scheerapparaat van papa houdt meteen stil en een slaperige mama staat in haar zachtgroene nachthemd ineens voor mijn neus.

'Wat riep jij nou? Iets over balletjes?' Ik knik hevig en wijs ontzet op mijn kin. 'Hier, kijk dan!'

Plotseling begint mama te lachen, volgens mij lacht ze me gewoon recht in het gezicht uit. Waarom, begrijp ik niet. Er zit toch duidelijk iets hards onder de huid van mijn kin.

'Jorn!' roept ze en even later staat er naast een duffe moeder een halfgeschoren vader voor mijn neus te schateren.

'Kappen, nou!'

'Ach joh, je bent zo schattig met je eerste puist. En een flinke ook nog.' Mama aait me over mijn haar. Ze zegt tegen papa: 'Ja Jorn, kleine meisjes worden groot.'

Schattig? Zo'n bult op mijn kop? Ze zullen me uitlachen op school. Gaaf hoor.

'Als jullie al zo leip reageren, dan weet ik het wel...'
Dan komt Kris in pyjama de gang in met Dolly, zijn
dolfijnenknuffel.
'Heeft Mara een puist? O ja, ik zie het, keigroot.'
Dat is de druppel. Ik moet die pukkel weg zien te
poetsen, hoe dan ook. Zo kan ik niet naar school.
'Ik ga niet naar school!'
Maar daar willen papa en mama niets van weten.
'Dat kun je best. Er is niets gebeurd,' sust papa.
'Niets gebeurd? O nee? En er zit een enorme bult.' Ik
wijs op mijn kin.
Mama pakt glimlachend mijn hand. 'Daar weten
we wel wat op. Kom maar met mij mee.' En als een
mak lammetje volg ik haar naar de badkamer. Ik kijk
achterom. Papa en Kris volgen ons. Ze vinden het zeker
cool.

Mama rommelt wat in de laatjes van het badkamer-
meubel. Na een tijdje plukt ze er een uitschuifbare
beige lippenstift uit.
'Zo'n ding heeft Joy ook.'
'Het is een camouflagestift,' zegt ze, 'hiermee moffel je
dingen weg.'
Ik geloof dat ik het begin te begrijpen.
Mama duwt de top van de stift tegen mijn zielige,
lelijke kin. 'Au!' Ik kijk mee in de spiegel. 'Let op hoor,
mama, als je gemeen doet, zie ik het direct.'
'Even stilstaan, Mara, dan is het zo klaar.' En inderdaad,
na een paar keer duwen, vegen en draaien is er niets

meer van de pukkel te zien. Mijn eerste make-up...

'Puistjes,' legt papa uit, 'krijg je als je aan het puberen gaat. Je krijgt dan een vettere huid. Het vet onder die huid moet weg. Maar dat kan niet zomaar, dat is teveel in één keer. Dus straks barst het open.'

'Hè, Jorn, maak dat kind niet angstig voor een puistje', roept mama. Maar het is al te laat. Ik schrik er hevig van. Een openbarstende huid doet me denken aan die schreeuwerig maffe tekenfilmpjes die Kris altijd kijkt. Nasty!

'Knallend als een kurk?' Duhh... dat is Kris weer.

Papa schiet in de lach. 'Nee, zo voelt het misschien wel, maar dat is het toch niet.'

Hij strijkt over zijn eigen kin. Die is nog half stoppelig. 'Hm, ik merk dat ik zelf ook nog iets moet gaan wegmoffelen, geloof ik.'

Mama, Kris en ik gaan de badkamer weer uit, terwijl papa daar doorgaat met scheren. Mama pakt mijn hand vast. Ze fluistert: 'Dank je wel, Mara.'

Ik snap er niets van. 'Waarvoor?'

'Voor je grappige puistje. Even dacht ik helemaal niet meer aan mijn ziek zijn. Heerlijk. Als je meer van zulke dingen weet...'

Ik gloei van trots en voel me echt groot. En zomaar ineens, komt er een kapot gaaf idee in me op. 'Ja, mama, iets superlauws, waardoor je niet met kanker bezig bent,' denk ik.

Zéker weet ik wel meer van zulke dingen.

Jenny is weer
mijn beste vriendin

Ik moet Dick van Doorn, de fotograaf, bellen. Hij is
papa's beste vriend en hij kan mij precies zeggen wat ik
moet doen.
'Mara, wat is er?' Kris kijkt me samen met een platge-
knuffelde Dolly verbaasd aan. Ik moet lachen om zijn
bezorgde, blonde stekelkoppie.
'Niets. Ik kreeg ineens een idee.'
'O, mag ik het ook weten?' Kris begint ongeduldig
te springen en ik grinnik: 'Nou, oké. Ik wil proberen
mama meer aan het lachen te krijgen. Zodat ze beter
wordt.' Maar meteen als ik dit zeg, voel ik me onzeker
worden. Een beetje duizelig. Eerst niet, hoor. Eerst wist
ik 100 procent zeker dat mama beter werd. Een nieuwe
chemokuur en dan valt het haar uit, maar daarna groeit
het vanzelf weer aan en na een poosje komt alles weer
goed. Zo kan het gaan. Zo ging het immers de eerste
keer? Maar toen kwam er geen Janine. En papa vroeg
niets aan Steven. En ze moesten ook veel minder
huilen. En nu heeft mama papieren ingevuld. Dat had
ze niet moeten doen.

Kris trekt zijn fijne wenkbrauwtjes hoog op. Maar ik heb geen tijd om het uit te leggen.

'Ik moet opschieten', roep ik. Ik ga me gauw omkleden, mijn nachthemd uittrekken. Wel balen dat ik eerst naar school moet, net nu ik een gruwelijk wreed idee heb. Ik heb daarvoor papa's mappen, de computer, de telefoon en mijn schetsblok nodig. O, ik kan bijna niet wachten. Ik moet echt fotograaf Dick van Doorn hebben. Ik moet hem wat vragen.

Het is rustig op het schoolplein als ik mijn fiets in het hok zet. Ik mis Jenny. Alleen naar school rijden en soms samen met Steven terugkomen, is toch anders. Met Jenny kletste ik de hele weg door. We hadden het over van alles. Het zou fijn zijn als zij me kon helpen met mijn idee. Zij kan namelijk heel mooie brieven schrijven zonder fouten. Jenny weet ook precies wat ze erin moet zetten. En dat is heel belangrijk. Maar helpen zal ze me misschien nu niet zo gauw. Probleem is dat ze denkt dat ik haar verraden heb. Maar waarom zou ik de klas nou vertellen dat ze verliefd is op de meester? Dan lacht het gespuis haar uit en dat vind ik zielig. Eigenlijk zou Jenny dat moeten weten, na zoveel jaar. Zo, even mijn fiets op slot zetten. Ik weet al wat ik moet doen. Als ik haar zie lopen, moet ik...

'Ha, Mara!'

Ik schrik me slap. Het is Joy.

'Je moet me niet zo van achteren besluipen,' roep ik,

banger dan ik klinken wil. Het is best donker in de stalling.

Joy snuift minachtend. Ze gaat op zoek naar haar eigen fiets. 'Nou en? Jij kunt ook niets hebben. Ben je nog steeds alleen? Bagger.'

Ik stuif verontwaardigd omhoog. 'Ik ben helemaal niet alleen. Ik heb Steven en...'

Joy wappert achteloos met haar hand. 'Dat bedoel ik helemaal niet. Waar is Jenny? Mis je haar? Jullie klitten zo aan elkaar. Bah, nasty zootje.'

Nou, ik ga haar lekker niet zeggen dat ik Jenny mis. 'Nee, hoor. Straks fietst ze gewoon weer met mij mee, let maar op.' Ik gooi mijn hoofd in de nek en wandel Joy arro voorbij. Ik doe of ik haar niet zie.

'Waarom hebben jullie ruzie?', roept ze me na, maar als ik geen antwoord geef, gilt ze er gauw achteraan: 'Ik kom er toch wel achter, boeit niet.'

Nu is het drukker op het plein. Ik zie Jenny een paar meter verderop met haar zus praten. Ze moet haar fiets nog wegzetten. Als ik mijn hand opsteek, draait ze van me vandaan. Mickey zwaait wel terug. Joy doet altijd gemeen tegen haar, omdat ze de zus is van superduffe Jenny, zo zegt Joy het altijd: superduffe Jenny. Bah, waarom zegt ze dat toch? Misschien is ze jaloers op het rode haar van Mickey. Ik vind Mickey wel aardig. Ze is een paar jaar ouder dan Jenny. Ze heeft veel huiswerk, tentamens en tussenuren. Wat lijkt me dat heerlijk, extra uren vrij. Dan gaat de zoemer.

Jenny zit stijfjes naast me. Als ik naar haar glimlach, draait ze zich gauw om. Ik probeer een paar keer te glimlachen. Sickie. Mijn bedoeling is om haar mee te laten lachen. Bij de zoveelste gekke bek kijkt ze ineens gespannen naar een punt boven mij. O jee. Meester Jeroen staat vast achter me. Ja hoor.

'Voor wie voer je die show nou op?', vraagt hij met zijn strengste stem. Ik kijk betrapt en als ik beteuterd naast me gluur, merk ik dat Jenny heel hard op haar onderlip zit te bijten om niet in lachen uit te barsten. Dat is me dus wel gelukt.

Het is doodstil in de klas.

'Toneelstukjes voer je maar in je eigen tijd op, Mara. Even opletten graag, want de cito-toetsen zijn al in februari.'

Denk ik dat maar of hoor ik echt iets van een lachje in zijn stem? Vet balen. Ik vraag me ineens af: hoelang stond hij eigenlijk al daar? Eindelijk loopt hij weg. Ik krabbel iets op een papiertje en schuif dat opzij, naar Jenny.

Ik was het niet, Jenny, echt niet. Volgens mij heeft iemand ons in het fietsenhok afgeluisterd.

Berichtje terug:

Ik weet het. Maar wie???

Ik schrijf snel:

Zijn we weer vriendinnen?

JA! antwoordt Jenny.

Joy's heldere stem klinkt ineens door het lokaal:
'Meester, Mara en Jenny zitten briefjes naar elkaar te
schrijven.'
Ze heeft het gezien. Duhh... vraag me niet, hoe. Ze zal
wel radarogen in haar rug hebben of zoiets.
Pascal draait zich om. Ze zit vlak voor me, naast Joy
zelfs en ik ben bang dat ze kan lezen wat we op het
briefje hebben geschreven.
'Wat staat er allemaal?' Ik leg er snel mijn hand op.
Meester Jeroen komt naast onze tafels staan. 'Geef het
maar hier, dames.'

Jenny en ik staren elkaar vet geschrokken aan. Wat nu?
Balend leggen we de briefjes in zijn hand. Gelukkig
kijkt hij er niet in, maar hij maakt er een propje van dat
hij op zijn bureau legt.
Tot onze grote schrik stapt Joy na de les op hem af. Hij
is bezig met het nakijken van de schriften.
'Zal ik het vast weggooien, meester?' Ze wijst op het
propje en meester Jeroen knikt zonder opkijken. Joy
pikt het van tafel en stopt het in haar broekzak. Maar
als we haar narennen, de gang in, is ze verdwenen.
Duhh...

Spook in de fietsenstalling

Jenny en ik lopen weer samen naar de fietsenstalling. Zoals het hoort. We nemen ons voor dat we niet veel zullen praten, nu we weten dat iemand ons daar heeft afgeluisterd. Stil zijn. Joy komt net uit het hok met de fiets aan haar hand en ze kijkt supersluw naar ons. Wij lopen haar voorbij of er niets is gebeurd. Dat vindt ze blijkbaar niet zo lollig.

'Willen jullie niet weten waar die briefjes gebleven zijn?'

We horen Joy's ijle stemgeluid heel duidelijk, maar doen of ze lucht voor ons is. Gebakken lucht. Daarop roept ze het nog een keer. En pas als ze het voor de derde keer zegt, zegt Jenny wat terug, want Joy zal pas ophouden met gillen als ze antwoord gekregen heeft.

'Waarom zouden we dat nou willen?'

'Doe ff normaal, dat wil toch iedereen. Dus? Wat zegt superduffe Jenny nu?'

Ik draai me naar haar om. Ze staat buiten bij de ingang van het hok. 'Oké Joy, speciaal voor jou dan. Luister goed: waar zijn die briefjes gebleven?'

Joy grijnst triomfantelijk. 'Ik heb ze de klas rond laten

gaan. Nou, see you!'
We staren haar met open mond na. Wat moet ze
hiervan genieten, wat een nasty loeder is het toch.
'Wacht jij maar af, neppo,' gil ik gauw en we horen in
de verte flarden van haar scherpe klaterlachje.

Jenny trekt me aan mijn mouw mee naar de fietsen. Ze
zucht.
'Nu weet straks dus het hele gespuis dat iemand ons
heeft afgeluisterd en de dader... zou het niet gewoon Joy
zelf kunnen zijn?'
Ik haal mijn schouders op. 'Het is superhard voor je,
Jenny.'
We pakken onze fietsen. We vergeten dat we niets meer
in het hok zouden zeggen. Misschien wel omdat we
ervan uitgaan dat Joy degene is die ons afgeluisterd
heeft. En die is hier niet meer.
'Duhh... het is nog veel rotter voor jullie dat je moeder
weer zo ziek is,' zegt Jenny en ik zucht: 'Ja, volgens mij
gaat het helemaal niet tof.'
Ineens hoor ik iemand heel diep zuchten.
'Deed jij dat?', vraag ik verbaasd.
'Jij?' Nee dus.
We rukken onze fietsen uit het rek en racen gillend
naar buiten. Ja, als echte softy's. De kinderen die nog
op het schoolplein staan, staren ons verbijsterd na. De
juffrouw van groep drie roept ons na: 'Niet fietsen hier!'
No way, we willen juist maar één ding en dat is
wegwezen hier. Ik denk dat ik ga voorstellen om een

lichtje te maken in dat donkere hok. Een goed idee voor de ideeënbus. Dit is niet normaal meer.

Jenny besluit om meteen mee naar ons huis te rijden. Misschien dat ze bij mij thuis mag bellen? Duhh... Jenny en ik hebben geen eigen telly, zoals Joy en haar gespuis. Zoals trouwens iedereen van de hele school. Mijn mama is hopeloos ouderwets, ze vindt het maar onzin, terwijl ik al heel lang elf ben. Aan het eind van het vorig schooljaar, precies gezegd: op 30 juni, ben ik elf geworden. Bij Jenny ligt het anders, daar moeten ze de eindjes aan elkaar knopen. Jenny geeft daar haar vader de schuld van. Als hij gebleven zou zijn... maar Jenny's moeder zegt dat Jenny's vader en zijzelf het samen geprobeerd hebben en dat de breuk ook heus wel aan haar ligt. Waar er twee vechten, hebben er twee schuld, volgens het spreekwoord. Maar daar geloven Jenny en Mickey niets van.
'Jouw vader is toch ook niet zomaar weggelopen, zelfs niet toen hij hoorde van je moeders ziekte? Gewone, sweete, vaders doen dat niet zomaar. Die vechten ergens voor.'

Ik vind het kapot bagger voor Jenny dat ze het gevoel heeft of ze door haar eigen vader in de steek gelaten is. Zal ik dat ook van mijn moeder vinden als de borstkanker het per ongeluk toch wint, en ze weggaat? Meteen geef ik een geweldige ruk aan mijn fietsstuur. Ik wil daar helemaal niet over nadenken. Mama moet beter worden. Ook al is het nu erger dan de vorige keer: het móet gewoon! Jenny geeft een gil. We waren bijna gebotst.

'Heej Mara, dorkie!'

'Sorry!' roep ik en om het gauw over iets anders te hebben, begin ik Jenny over mijn idee – een modeshow voor mama – te vertellen.

Jenny wil er gelukkig heel graag aan meewerken. Het eerste wat we moeten doen, is: adressen opzoeken. Dat wordt een makkie, omdat papa met BN'ers werkt. Met de bekende fotograaf Dick van Doorn bijvoorbeeld, zijn beste vriend, van de *Tropical Beach Club*. Daar liep Joy nog model voor. Ik ga hem straks bellen. Het idee wordt mooier en duidelijker. Als de lens van een fototoestel die scherp stelt.

'Maar wat denk je van modekoning Filibert of presentatrice Roos Room. En vooral niet vergeten om de modepagina van *De Telegraaf* te bellen', roep ik naar Jenny.

'Of ik dat allemaal wil doen?' Jenny valt bijna van haar fiets van verbazing. Even denk ik dat ze hier helemaal geen zin in heeft.

'Gaaaaf!', jubelt ze. 'Weet je, ik word niet voor niets secretaresse. Dat kan ik, let maar op.'

'Super.' Ik knik opgelucht. 'We hebben alleen *een* probleempje.'

Jenny kijkt me geschrokken aan. 'Wazzur?' Ik weet wat Jenny denkt.

'Nee, het heeft niets met mijn moeder te maken. Het gaat erom dat mijn vader het vast niet goed vindt dat ik in zijn mappen ga zoeken en volgens hem alles overhoop haal. Maar we willen het toch zelf regelen?'

'Stoer. Dat kunnen we toch best?'

Hm. Probleem. Mijn vader werkt de hele dag in zijn atelier. Maar soms neemt hij ook pauze...

'Kunnen we hem daar weg krijgen met koffie en koekjes?' Jenny kijkt me lachend aan. Ik weet niet of haar dat gaat lukken, maar ze mag het proberen.

'Mijn vader is geen hond die je met een groot bot weg kunt lokken.'

Ik zie het al voor me: een grommende papa met een superkluif tussen de tanden.

Langzaam maar zeker krijgen we steeds meer zin in mijn plan. Daarbij is het ook supervet iets voor mijn zieke moeder te doen. Ik ben happy dat er iets is dat ik *kan* doen.

Weglokken
met koffie

Ik gooi mijn fiets in de berging. Jenny zet hem weer
netjes op de oprit. In twee stappen ben ik bij de
tussendeur. Als ik hem ongeduldig opensmijt, zie ik
papa op een krukje weer bezig met een nieuw, somber
doek. Hij kijkt niet op. Ingespannen zet hij een paar
precieze streepjes.
'Dag Mara, wat kom je doen? O, en dag Jenny.'
Jenny en ik giechelen.
'Hé pap, hoe weet jij nou weer dat ik het ben? Je kijkt
geeneens.'
'Dat hoor ik, m'n kind. Kris doet de deur weer op
een andere manier open.'
'Cool,' vindt Jenny.
'Nee hoor,' lacht papa, 'ik hoorde jullie buiten
aankomen.'
Ik vlieg hem om de nek. 'Héhé, let eens op wat je doet!'
roept hij nepboos, 'je mag je vader niet plat knuffelen!'
Gaaf, papa maakt weer grapjes. Maar ik zie nu dat hij er
helemaal niet happy uitziet. Wel superbezorgd.
'Ik vind het zo erg dat het niet goed met mama gaat,'
zegt hij ineens. Hij zet een krachtige streep met het

penseel op het doek. 'Maar wat kan ik daar nu aan doen?'

Ik ga op zijn schoot zitten en sla een arm om hem heen. Zijn penseel valt op de vloer. Het zal er best wel leip uitzien, zo. Goed dat Joy hier niet is.
'Beloof me, Mara, dat je die cito-toetsen opperbest gaat maken ook al...' Hij maakt zijn zin niet af. Ook al *wat*? Ik kan wel wat bedenken, maar dat wil ik niet. Niet aan denken, niet nu. Het was net zo geinig. Jenny kijkt strak voor zich uit.

'Hoe gaat het hier? Wat zijn jullie raar aan het doen? Ik ben er nog, hoor!' Mama staat in de deuropening. 'Mariska!' Papa vindt het maar niets dat mama er grapjes over maakt, dat zie ik. Hij raapt zijn penseel op en wil verdergaan met zijn schilderij.

'Zullen Mara en ik voor de verandering eens koffie voor jullie tweetjes zetten?', vraagt Jenny. 'Niet dat jullie anders altijd koffie zetten voor ons, maar eh... hè.' Ze komt niet uit haar woorden. 'Ik wil zo graag iets dóen voor jullie.'
Mama aait haar over het halflange blonde haar. 'Wat lief van je.'
En dan ineens zijn we allemaal aan het huilen. Ik weet eigenlijk niet, waarom. Ik denk omdat we allemaal best weten dat we eigenlijk niets kunnen doen, ook al willen we nog zo graag. Je moet gewoon wachten. Maar

waarop? Op de goede afloop. Net zo goed als de vorige keer... Duhh... no way, nog beter. En mijn idee helpt ook mee, vast en zeker.

Ineens kruipt Kris tussen mama en de deuropening het atelier in. 'Wat is er, wat doen jullie?'

'Welja,' lacht papa door zijn tranen heen, 'nog gezelliger. Kom er bij.' Kris ziet mij meteen zitten.

'Ik wil ook op schoot!' En hij ploft op mijn knieën.

'Ho,' roept papa, 'direct valt het krukje nog uit elkaar. Het is al krakkemikkig genoeg.'

'Au!' roep ik. En mama en Jenny? Die schieten in de lach. Cool, hoor.

En dan zegt mama: 'Oké jongens, kom. Ik geloof dat Mara en Jenny koffie voor ons gaan zetten, lekker.' Ze knipoogt naar Jenny en mij en drijft papa en Kris de kamer in.

'Jouw moeder is een sweety,' fluistert Jenny naar mij en ik knik. Weet ik al lang.

'Bah. Ik hoef geen koffie.' Kris steekt gauw zijn tong uit en rilt.

'Jij krijgt wel wat anders,' sust mama en dan lopen we als een treintje de kamer weer binnen.

Als we papa en mama een kopje koffie hebben gegeven, glippen Jenny en ik het atelier weer in. Kris is naar Bram gegaan en papa en mama zijn in gesprek, dus hebben we alle tijd. Jenny blijft voor de zekerheid bij de deur staan.

Papa heeft een map vol adressen. De beroemdste namen staan hier zomaar in zijn ordner. Even zoeken... Dick van Doorn, fotograaf, Nassaukade nummer zoveel, telefoon, e-mailadres. Hier kan ik wat mee, dit heb ik net nodig.

'Hé Jenny, wat is er? Mag ik naar binnen?' Oe, ik schrik me rot. Papa wil zijn atelier in.

'Eh... er loopt een geweldige spin.'

Ik hoor papa lachen. 'Ik ben niet bang voor een spinnetje.'

'O... kijk nou, het zijn er maar liefst twee. Joekels van taran... talu... tarantuus...'

'Ik ben ook niet bang voor twee tarantula's.'

'Drie dan?' Ik gniffel.

'Is er wat aan de hand?'

Ik klap de map met vingers en al dicht. Au, au! De adressen met telefoonnummers en e-mailadressen heb ik al.

Dan roept mama: 'Kom eens, Jorn!'

'Hij loopt terug,' zegt Jenny zachtjes over haar schouder en ik haal opgelucht adem. Pfoe. Snel zet ik alles terug op zijn plaats. Als papa even later een beetje achterdochtig zijn werkplaats binnenkomt, loop ik er fluitend weer uit. Jenny en ik gaan naar mijn kamer. De adressen verdelen we over de schrijftafel.

'Goed, en wat doen we nu?' Ik staar Jenny aan.

'Inderdaad. Wat nu?'

'Jij gaat je lijstje af. En ik, ik ga eerst Dick van Doorn bellen.'

Jenny stopt de papiertjes in haar broekzak. 'Tot morgen dan.'

Maar dat hoor ik half, want ik loop al naar de telefoon in de kamer. Mama is de koffieboel aan het opruimen. Wat heb ik een perfect plan. Het wordt vast prachtig. Het moet fantastisch worden.

Ik druk het nummer op de toetsen.

'Dick van Doorn, fotograaf.'

'Ha Dick,' mompel ik, 'met Mara Castellee.'

'Mara, hé! Hoe gaat het daaro?'

Ik zucht. Hij weet het nog niet. 'De kankerballen zijn teruggekomen. Ik wil mama zo graag blij zien. Luister eens, daarvoor wil ik een show in elkaar zetten. Kun jij mij daarbij helpen? Ze vindt al die jurken van jou zo prachtig, dat weet je, hè? En ik wil ook met een jurk meedoen, is dat oké?'

Dick valt stil. Ik hoor hem zwaar ademen. 'Ik wist helemaal niet dat ze weer ziek geworden is. O, Mara. Natuurlijk help ik. Wacht, ik ga iedereen mobiliseren.'

'Watte?' Wow, ik snap er geen bal van. Wat gaat hij doen? 'Mobi... watte?'

'Mobiliseren. Zorgen dat ze meehelpen. Oké, bedankt voor je belletje, mooie meid. Ik zie je gauw, hè?'

Ik leg neer. Mama heeft niets gemerkt van mijn telefoontje. Ze wandelt op en neer naar het aanrecht en legt spullen in de keukenkast en koelkast.

Over badlakens
en pompoenen

Ik ben op mijn kamer aan het werk met een tekening van een jurk, als ik opa en oma beneden de gang hoor inkomen. Maar ik ga stug door, zelfs als ik oma onder aan de trap hoor roepen: 'Kom je ook beneden? Wil je wat snoepjes of mag Kris ze allemaal hebben?'
Dikke doei! Ik gil terug: 'Ik kom zo!'
'Ha, oma.' Dat is Kris. 'Komt ze nu wel? Het werkte ook bij papa, maar dan met koffie.'

De slimmeriken. Ze proberen mij zo naar de woonkamer te lokken. En zal ik eens wat zeggen? Dat gaat lukken.
'Is opa er nu ook bij?', vraag ik als ik beneden ben.
Maar ik zie hem al zitten bij de krant. Hij steekt zijn hand omhoog.
'Ha, Mara, we misten je al, meid.'
Op tafel ligt een schaaltje met heerlijke Brosreepjes. Jammie.

Papa en mama zijn vandaag weer naar het ziekenhuis. Mama krijgt een scan om te kijken waar het nu precies pijn doet in de borst. Ze moet de pillen die ze al slikt, opzij leggen. Ze hebben niet geholpen. Mama wil nieuwe chemo. Alles om weer beter te worden.

Oma zit op de bank en kijkt glimlachend hoe Kris al Bros etend met zijn Lego speelt.
Opa doet of hij de krant leest, maar ik zie hem wel tussendoor naar ons gluren. Heel bezorgd.
'Echt waar, oma,' zegt Kris met volle mond. 'Dan lijkt ze straks ineens weer een pompoen in plaats van een paasei. Je weet wel, zo'n oranje met een gezichtje en tandjes. Kan ze als versiering naar ons Halloweenfeest op school.' Wat een koekwaus, die Kris.
Opa zucht en slaat maar weer eens een bladzij om. Moeilijk is dat wachten. En op welk nieuws? Goed of slecht? Ik sta op. Ik wil niet wachten. Ik ben bezig met iets wat echt af moet. Anders kan ik mijn plan niet uitvoeren. En dan, als ik sta en iedereen op de bank zie zitten, vallen me de kale plekken op oma's hoofd pas op. Oma heeft heel dun bruin haar. Maar mama is de helft jonger.
'We passen net zo lang op jullie als nodig is, niet alleen vandaag, maar altijd,' zegt oma. Ik hoor iets in haar stem wat ik heel lang niet gehoord heb: angst. Ik voel me opeens heel koud worden. En de manier waarop ze naar ons kijkt... ik weet zeker dat oma ergens bang voor is. En ik weet waarvoor.

De voordeur zwaait open. Papa en mama zijn weer thuis. Kris rent blij naar hen toe. 'Ha, mama, ik heb ze verteld over je pompoenengezicht.'
En dan is het alsof er bij oma een knopje omgaat.
Ze begint weer te lachen. Mama kijkt Kris een beetje vermoeid aan en papa bijt nerveus op zijn lip. Ze zien er nogal verward uit. En moe. Heel moe.
'Laat ze maar even met rust, Kris.' Opa staat op en legt een hand op zijn smalle jongensschouder. 'Kom, dan gaan we samen puzzelen.'
'Dank je, pap,' fluistert mama en opa knikt.
'Hoe was het?' vraagt oma.
'Erger.'

Ik sta vastgepind op de grond. Erger? Wat is er erger? Wat bedoelt mama nou?
Ze knikt triest en zegt terwijl papa op zijn onderlip bijt tot het bloedt: 'Ja, het is weer gegroeid. Dus ik moet die chemokuren hebben. Maar er moet een half jaar tussen twee kuren in zitten, en dat is nog niet voorbij. Maar de pillen die ik nu heb, werken niet goed genoeg.'
'O, kindje toch,' mompelt oma en ik voel mijn benen zwaar worden.

Ik heb het idee dat ik zwabber als ik naar de trap loop. Mama moet beter worden. Net als de eerste keer, toen ging het toch ook? Waarom voelen die stomme benen nu zo wollig aan? Straks krijgt mama opnieuw kuren en dan begint alles weer van voren af aan. Pijn overal.

En de angst of het allemaal wel aan zal slaan...
Maar daar mag ik niet aan denken. Dit is al zo erg voor
mama. Straks, als de chemo aanslaat, dan is alles oké.
Daar moet ik aan denken. Mijn mama is heel sterk.
Wedden? Mijn mama wordt gewoon BETER. Punt.
Zo, ik doe mijn slaapkamerdeur op slot. Even dringend
mijn tekening voor de show afmaken.

Mama roept. 'Mara, kom je theedrinken?'
Hè, eigenlijk niet. Maar wacht. Misschien kan ik straks
nog even naar Steven. Ik wil hem wat geven. En mijn
plan uitleggen.
'Aaight!' roep ik naar mama, beneden aan de trap. Maar
waar ligt nou wat ik zoek? Ik spit mijn hele klerenkast
uit en vind het helemaal onderin. Twee badlakens met
papa's ontwerp van de Tropical Beach Club erop. Die
zijn nog over van het reclamefilmpje met Joy als model.

'Wat heb jij nou?', vraagt Kris nieuwsgierig vanachter
zijn beker limonade. 'Een handdoek?'
Ik vouw hem open. Dwars over het laken heen staat
Tropical Beach Club.
Oma komt bij ons staan. Ze leest het hardop voor. 'Wat
ga je ermee doen, Mara?'
Ik giebel een beetje terwijl ik hem weer opvouw.
'Afgeven... aan Steven.'
Oma glimlacht. 'Aha. Hij zal er blij mee zijn.'
'Ja. Ik wil ook zoiets gaan doen. In de modewereld.
Niet alleen sieraden maken. Maar iets meer met stof

en sieraden samen. Zoals op mijn pet, ken je die nog, oma?'

'Natuurlijk weet ik dat nog, Mara. Zo'n mooie pet met glimmers. Die glanzende letters.'

Die pet droeg ik toen ik mijn eigen haarkleur verpest had. Wat een dombo was ik toen. Echt een baby, maar nu ben ik al elf.

'Ja, ik ga de mode in, oma. Coole vette riemen, gave broeken...'

'Oma, Mara bedoelt die maffe gaten in haar spijkerbroeken.'

Ik kijk de glunderende Kris vanachter de eettafel boos aan. Ik gil: 'Krijg de...' Oma kijkt mijn kant op. '...hik!' Eigenlijk wilde ik er iets anders van maken. 'Dat heet mode, Kris, dat is hip, haarborstel.'

'Ho, ho,' oma grijpt in: 'geen ruzie. Als jij straks groot bent, doe je ook kleren aan die jij mooi vindt, Kris. Dat mag Mara net zo. Zo gek is dat niet. Jouw zusje is knatergek van mode.'

Ik haal diep adem. Zal ik het haar ook vertellen? 'Brainwash, oma. Hoor es,' ik fluister haar mijn plan in haar oor. Ze geeft me een kneepje in mijn arm. 'Mooi, Mara.' Ze klinkt een beetje vreemd hees. Hm. Hoe kan ze nu ineens verkouden zijn geworden?

'Ga maar naar Steven. Hij zal het vast prachtig vinden. Wil je een nieuw kopje thee? Dit is nu koud.'

'Boeit niet, oma.' Ik drink mijn kop in één teug leeg. 'See you.'

Papa staat ons hoofdschuddend te bekijken. 'Mara en oma, altijd al twee handen op een buik gebleven. Maar wel even wegblijven, hè?'

'Doei.' Ik zwaai naar opa, die er ook bij is komen staan en dan ga ik de kamer uit. In de gang hoor ik opa aan papa vragen of ik het al weet. Of ik wat weet? Er loopt een rilling over mijn rug. Wat is het koud, buiten.

En ineens staat hij voor mijn neus. 'Ik breng je! Ik wil jou niet ook verliezen.'

Huh? Wat bedoelt hij nou weer? Mij verliest hij toch niet? Ik raak niet zomaar kwijt.

'Ach papa, Steven woont om die hoek daar.'

Maar ik kan sputteren wat ik wil, zijn besluit staat vast. Als een klein kind word ik naar Steven, mijn vriendje, gebracht... Freaky papa. Sweet, maar er gebeurt heus niets met me. Moet je zien wat een bal licht. Papa duikt in de kraag van zijn trui.

'Luister eens, Mara. Het gaat helemaal niet goed met mama. Als het nog slechter gaat, als... als je weet wel... dan mag je bij Steven logeren. Of wil je liever bij Jenny zijn? Nou ja, kijk maar waar jij wilt.' Nu snap ik wat hij Steven heeft gevraagd. Ook begrijp ik waarom hij me weg wil brengen.

Kusjes op mijn oorlelletje

Papa ziet er verloren uit. Tot mijn schrik dringt het
nu pas tot me door dat hij geen jas aan heeft. Als hij
maar niet ziek wordt. Ik heb bijna spijt dat ik papa's
handdoek af ga geven. Handdoeken zitten ook warm.
'Mara.'
'Ja, papa?'
Hij houdt me even vast, onder de lantaarnpaal en tilt
mijn gezicht op bij mijn kin. 'Ik moet je iets vertellen.'
'Ja?'
Hij zucht en legt zijn handen om mijn wangen. 'Het
komt waarschijnlijk niet goed met mama. Dat zeiden
ze in het ziekenhuis.'
'O, papa, dat is niet waar, hoor, je moet niet zoveel naar
de dokters luisteren.' Ik draai me snel van hem af. 'Als
je zó begint... hoe kun je er dan nog in geloven?'
Ineens gaat hij rechtop staan. Hij legt zijn hand op
mijn hoofd. 'Je hebt gelijk.' zegt hij. 'Vertel niets aan
Kris.'
'Ikke niet.'

Hij zwaait kort en draait zich dan om. Mijn eenzame

papa. Ik vind hem er maar zielig uitzien, op de rug. Zo met zijn handen in de zakken en diep weggedoken in zijn coltrui. Ik krijg ineens een hele droge, korrelige keel. Mijn treurige papa. Hij gelooft ook direct wat de dokters zeggen. Dat moet hij niet doen. Daar wordt hij helemaal down van. Eigenlijk wil ik het liefst terugrennen en roepen: 'Papa, je bent niet alleen, ik ben er ook nog! En Kris, en opa en oma...' En mama toevallig ook nog. Hij laat de moed veel te snel zakken. Er is nog niets aan de hand.

'Ha Mara.' Steven doet de deur open. Hij ziet er ontzettend stoer uit met die vale spijkerbroek en zwart lange-mouwen-t-shirt met witte opdruk. Zijn blonde krullen zitten heel wreed, of hij net uit bed is gestapt. Zijn oog valt meteen op het pakketje onder mijn arm. 'Wat heb jij nou? Gaan we zwemmen?'
'Het is voor jou. TBC.'
'TBC? Is dat geen ziekte?' Steven kijkt me geschokt aan. Maar dan ziet hij het ook.
'O, Tropical Beach Club! Wauw, je vaders reclamefilm. Die film wordt hartstikke bekend, Mara. Ik heb hem al zo vaak op televisie gezien. Waar is hij nu mee bezig?'

Ik zie mijn vader voor me. Zo alleen. De eenzaamheid die van hem afdruipt. Ik denk aan al die treurige doeken. Ik mompel: 'Nou, met niet zoveel op het moment, vrees ik.' Steven hoort het niet. Hij neemt me trots mee naar zijn kamer. Een echte jongenskamer, met een knoert van een vliegtuig aan een touwtje, waar ik onmiddellijk tegenaan bots. Er hangen een stuk of wat posters van vliegtuigen aan de muren. Zijn boekenkast staat vol (nee, hangt aan elkaar van) boeken, schots en scheef, over vliegen. Vliegtuigen. Piloten. Vogels. Wolken. En weet je wat hij worden wil? Monteur. Nee, geen piloot, haha. Dat dacht ik eerst ook. Maar als monteur kun je allerlei dingen aan een vliegtuig repareren. Steven is namelijk technisch. Maar in plaats van het sleutelen aan een auto, sleutelt hij liever aan een vliegtuig. Duhh...

We gaan op het bed zitten (met een overtrek vol afbeeldingen van vogels). Ik leg hem meteen mijn plan uit. Steven vindt het gaaf. Hij wil onmiddellijk meewerken. De lichten en het geluid verzorgen. Ho, zover is het nog lang niet. Ik houd hem tegen. Steven blijft enthousiast.
'Het is een vet kapot idee, Mara. Wat vinden je vader en moeder hiervan?'
Ik leg hem uit dat het een verrassing voor mama moet worden en dat papa van niets weet. Ik wil het zelf regelen, samen met hem en Jenny. En misschien ook nog met Joy, als ze mee wil doen... ik weet dat Joy erg goed shows kan lopen. Ik vind haar een kreng en het is gespuis, maar kleding showen kan ze goed. Ja, willen we dat opvoeren, dan moeten we Joy ook hebben. Ze is de beste.
'En hoe is het met je moeder?'

'Niet goed. Als het fout gaat...' Ik voel een dikke klont in mijn keel, 'dan mag ik bij jou logeren.' En dan moet ik plotseling erg huilen. Hij geeft me overal kusjes. Op mijn neus, mijn wangen, mijn hoofd en mijn oorlelletje... echt een sweety, die Steven. Hij kan het helemaal niet aanzien dat ik huil. Maar ik kan er niets aan doen, de tranen blijven rollen. Arme mama, arme papa, arme Kris, arme ik.

We spreken af dat Steven mee komt helpen met het opbouwen van het podium. En dat ik laat weten, wanneer we alles gaan doen. Wanneer er geluidsboxen neergezet moeten worden, lichtkanonnen en microfoons. Dat soort dingen. De techniek. Wat hij zo graag wil.
'Ga jij maar ontwerpen,' lacht hij.
Ontwerpen, wauw, dat klinkt wel erg dope!

Als Steven me terugbrengt, zijn opa en oma naar huis. Kris is er ook al weer. Hij heeft bij Bram gespeeld. Daar is hij veel tegenwoordig. Mama staat op van de bank waar ze heeft gerust. En dan doet ze iets mafs: ze loopt naar mij en Kris toe. Terwijl wij juist zijn gaan kleuren. En dat doen we of ons leven ervan afhangt.

Ze legt haar armen om onze schouders.
'Ik ben zo blij dat ik iedereen van wie ik houd om me heen heb.'
Ik schiet gelijk met mijn stiften buiten het lijntje van de

tekening en kijk geïrriteerd omhoog.

'Hè mama, doe niet zo eng.' Dan merk ik hoe verschrikkelijk ze eruit ziet. Met heel donkere wallen en ogen waarvan de glans doffer lijkt dan anders.

'Ben je moe?' Mama aait Kris over zijn stekelhaar. Zie je wel, als het Kris zelfs opvalt, moet het erg zijn. Ze ziet behoorlijk wit.

'Ja, ik voel me wel bijzonder moe, al een tijdje. Ik denk dat ik ook nog eens een griepje onder de leden heb. Daarom ga ik nu naar bed.'

Papa komt net door de tussendeur terug uit zijn atelier. Mama knijpt in zijn uitgestoken handen en sloft dan door, de gang in, naar boven. Papa staart haar lang na. 'Mag de deur dicht? Het wordt koud. Straks krijg ik ook griep. Uche uche!' Kris protesteert heftig, hij zwaait wild met zijn stift.

Ik kijk boos naar hem. Wat een grote knurft is hij toch. Hij snapt helemaal niets. Maar papa doet braaf de deur van de gang dicht. Hij loopt naar de zitkamer, zet de televisie aan en doet of hij televisie kijkt. Doet alsof want ik kan van hieraf zien dat hij dat helemaal niet doet. Met zijn hand glijdt hij de hele tijd door zijn sluike bruine haar. Dat doet hij altijd als hij nerveus is. Zou hij mama ook erg moe vinden? Komt het nog wel goed met haar? Misschien moet ik straks maar eens gaan kijken of ze echt slaapt.

Het briefje en
het bakbeest

De volgende dag houdt Angela als laatste dit jaar haar
spreekbeurt. Angela heeft al zeehondjes willen redden,
ze collecteerde voor arme landen, ze at een week
geen vlees en nu is ze dus tegen bont. Ze vertelt over
nertsenfarmen.

Joy vindt bont best mooi en Angela snuift: 'Goh, laat ik
dat van jou nou niet eens zo sickie vinden. Pffff, leip
hoor.'

'Hé, kappen, ik zeg niet dat ik het draag!' roept Joy boos
terug. 'Maar jij hebt net zo goed leren schoenen aan.
Die zijn ook van een beest.'

Meester Jeroen grijpt in. 'Jullie hebben allebei gelijk,
maar Angela bedoelt dat we geen dieren alleen voor
hun velletje mogen houden. Maar omdat we ervoor
willen zorgen. Goed gedaan, Angela, ga maar zitten.'

Angela loopt superboos naar haar plek. Ze snuift
expres luid als ze Joy passeert. 'Ik diss jou!' hoor ik
haar Joy toebijten. Misschien kan ik Angela ook vragen
of ze meedoet aan mijn plan... Angela is beslist het
allerstoerste meisje uit de klas: ze is als enige niet bang
voor Joy.

'Oké,' zegt meester Jeroen. 'We gaan...' Hij klapt het bord open. En dan ziet iedereen het. Het briefje met de zwarte blokletters. Het zit op het bord geplakt.
'Wat staat daar nou?', vraagt Kas, en Angela, die dichtbij zit, leest het voor:

> Mara's moeder gaat dood.
> Dat heeft Mara zelf in het fietsenhok gezegd.

Meester Jeroen scheurt het briefje woedend van het bord af. Hij blikt heel kwaad de klas in: 'Wie heeft dit gedaan?'
Niemand. Ik slik.
'Hard voor je,' fluistert Jenny. Ik besluit gewoon te doen of ik het niet gezien heb.

Mijn kamer ligt aan de straatkant. Ik krijg erg veel licht binnen en dat komt goed uit, nu ik aan mijn plan wil werken.
Ik pak mijn dozen vol kralen, glimmertjes, krijt en mijn schetsboek. Daar staat mijn prachtige ontwerp in, voor een heel bijzondere jurk. Met veel geel, veel zon en een massa zilver. Wat een kunstwerk. Ik ga er snel aan verder. Ik heb papa's hele berg lapjes al ingepikt en vrees dat hij er niets van terug zal zien. Dan veegt hij zijn handen vol schildervlekken maar ergens anders aan af. Aan mama's handdoeken bijvoorbeeld.
O, stel je toch eens voor dat dit mijn beroep wordt: ontwerpster. Gruwelijk! Ik geloof dat al mijn glimmertjes erdoorheen gaan, maar dan koop ik wel

nieuwe, want ik wil de hele jurk volhangen met die lovertjes. En met van die kwastjes op de schouders. Die van gordijnen lijken te zijn afgeknipt. Epauletten heten die dingen. Ik noem ze *paultjes*, grappig, hè.
Na een tijdje heb ik hem af op papier, mijn

SUPERHIPPECOOLEGAVEVETTEJURK

Ik word zelf helemaal blij van binnen als ik naar mijn tekening staar. Je zult hem toch kunnen betalen, zeg, de *hippekippenjurk* van Mara.
Met een diepe zucht steun ik dromerig met een arm onder mijn hoofd. Wat zal hij prachtig zijn als hij af is. Ik ga hem in het echt maken.

De berg lappen is nu aan de beurt. Lappen tot aan het plafond, ik kan maar kiezen. Cool dat papa ze allemaal bewaard heeft. Het was vast niet zijn bedoeling dat ik ze zou gebruiken, maar goed... en nu gauw doorwerken. IJzerdraad, stof, stukken kippengaas met van die ruitjes, weet je wel, alumi... aluus... alumininogwat, pfff. Ik heb het allemaal nodig. Met mijn speciale sieradentangetjes kom ik een heel eind.
Halverwege wordt er op mijn deur geklopt. Ik schrik ervan, zo erg ben ik met mijn jurk bezig.
'Mara, mag ik binnenkomen?' Het is papa.
'Aaight. Maar mama mag het niet zien,' roep ik terug. 'Het is een verrassing.'
Papa doet de deur voorzichtig open. Dan pas zie ik Kris voor hem staan.

'Is dat soms het harnas van een ridder?' Hij ziet mijn jurk meteen.

'Stil!' roep ik. 'Niets tegen mama zeggen.'

Hij wil mijn kamer in.

'Beloof dat je niets tegen mama zegt, anders mag je niet naar binnen.'

Hij belooft het met zijn hand op zijn hart, zo graag wil hij mijn kamer in en de jurk bekijken.

Hij staat prachtig te glimmen door al die grote stukken alu... alumi... bling-bling die ik op de lappen heb geplakt. Hij staat in het midden van mijn kamer. Op de grond. Hij is wel ietsiepietsie groter geworden dan ik dacht. Eigenlijk best een bakbeest.

'Hm,' doet papa en ik wacht gespannen af.

Hij kijkt eerst met zijn linker- en dan met zijn rechteroog. Gaat op zijn hurken zitten en beziet de jurk vanuit alle hoeken. Ik wacht op zijn antwoord, maar ik hoef niet lang te wachten.

'Ik denk dat je de show steelt.'

Huh? Ik kijk papa beteuterd aan. 'Hoe kun jij dat nou raden?' Ik kan me niet herinneren dat ik hem er iets over verteld heb.

Kris lacht. 'Hoe kun je nou een show stelen?' Hij huppelt mijn kamer uit. Papa vertelt dat het zo heet als je ergens opvalt. Dan haal ik diep adem.

'Het is voor mama, papa. Ik ga een show voor haar houden. Het wordt kapot gaaf. En ik eh... ik heb, geloof ik, je mappen leeggehaald en alle adressen

weggenomen, want die heb ik nodig. En Dick van
Doorn heb ik gebeld en Jenny heeft ook heel veel
mensen gebeld. Iedereen wil graag meedoen met de
show. Je bent toch niet kwaad, hè?'

Bangig kijk ik papa aan, maar er breekt een brede
glimlach door op zijn gezicht.
'Kwaad? Op zo'n idee? Nu heb je indruk op mij
gemaakt. Ik weet niet wat je precies gaat doen, maar ik
denk wel dat het bijzonder wordt. Zeg eens, waar wordt
het eigenlijk gehouden?'
'Hier in het centrum, in het grootste warenhuis. Angela
gaat vragen of het mag. Daar is ze heel goed in, zij is
niet bang, voor niemand. En nu ga ik ook nog proberen
om Joy te strikken.'
'Hoe wilde je dat doen?' Papa kijkt me met zijn grote,
verbaasde bruine ogen aan. Ik lach geheimzinnig.
'Wacht maar eens af.'
Papa lacht terug. Even maar, dan krijgt hij weer zijn
sombere blik. 'Ik hoop dat mama het nog kan zien...'
Alsof hij achteraf snapt wat hij gezegd heeft, kijkt hij
me geschokt aan.
'Ze kan het toch gewoon zien? Papa?!' Hij maakt me
ongerust. 'Het is juist voor haar!'
Papa pakt mijn hoofd tussen twee handen vast.
'Ik kan niet zeggen dat het zeker goed komt, maar het
is een mooi idee, Mara. Lief van je. Je weet niet hoe
trots ik op mijn grote meid ben. Ik hoop dat je dat ooit
beseft. Stel dat mama het niet redt... en die kans zit er

echt in...' Er glijdt een traan over zijn bleke wang en zijn stem klinkt raar bibberig.

'Waar hebben jullie het over?', roept Kris ongeduldig vanaf de overloop. 'Mama komt eraan!' Papa en ik zijn in twee stappen mijn kamer uit en ik duw de deur stevig achter me dicht.
'Wat doen jullie toch?', vraagt mama.
'Ow, niets aparts hoor,' lieg ik vrolijk tegen haar. Ze mag het nog niet zien, daar is het nu eenmaal een verrassing voor.
Mama lijkt me wel erg moe, zo. Ik hoor haar zwaar ademen, terwijl ze gewoon hier naast me staat. Ze heeft haar roze badjas over haar groene nachthemd aan en ze draagt haar dikke, gevoerde pantoffels, die lijken precies op schaapjes.
Ze rilt. Maar zo koud is het helemaal niet.
'Wat kijken jullie nou naar mij?'
'Omdat je zo staat te trillen, mama. Zo koud is het toch niet?'
'Iedereen heeft het toch wel eens koud?' Ze glimlacht.
'Ja, maar zó erg niet.'
Het lijkt wel of ze rechtstreeks uit een ijskast is gestapt. Het kacheltje in haar lichaam werkt niet meer. Het is stuk.

Het afscheidscadeau

Vandaag is het precies zes maanden geleden dat mama
met kuren kon stoppen. Ze mag morgen gewoon
opnieuw beginnen. De haren kwijt, overal pijn... zoals
eerst. Het lijkt lang geleden. Voor mij, niet voor mama.
'Ik wil je nog wat zeggen, Mara. Kom je even mee naar
onze slaapkamer?'
Ik kijk mama een beetje benauwd aan, maar volg haar
toch. In het voorbijgaan aait papa me over mijn rug. Ik
glimlach naar hem en hij gaat naar beneden. Daar hoor
ik Kris al aan de trap roepen: 'Waar blijven jullie nou
weer, pap?'
'Ik kom er al aan,' roept papa naar Kris.

Mama doet de badjas uit, hangt hem aan het haakje
en kruipt terug haar bed in. Ik weet nog hoe Kris
eroverheen stuiterde, de dag dat hij jarig was. Ik
hoop dat we hier nog veel verjaardagen in kunnen
meemaken. Met zijn allen in het grote bed. Ik vind het
nu maar zielig, mama alleen in dat tweelingbed. Dan
pakt ze een klein vierkant doosje van haar nachtkastje.
'Ken je dit?' Ja, duhh... een doosje voor sieraden
gebruik ik zelf toch ook altijd? Wat bedoelt ze daar nou

mee? Ze klikt het open. Er flonkert iets. Een ring. 'Mama, je trouwring!' Het valt me nu pas op dat ze die niet draagt. De gouden kleur steekt mooi af bij de zwarte binnenkant van het doosje. Hip.

'Ik wil hem aan jou geven.'

Ik schrik me slap. 'Mama, nee!'

Maar mama knikt. 'Jawel. Ik heb besloten dat jij hem krijgt als het deze keer fout met me afloopt. Papa heeft zijn eigen ring en Kris is te klein. Bovendien ben jij mijn enige dochter. Jij krijgt hem. Papa zal hem naar de juwelier brengen om hem te laten verkleinen en te graveren. Weet je wel, dan zetten ze er wat tekst in. Iets als Ik houd van je. Vind je dat mooi?'

Langzaam voel ik paniek in mij omhoog kruipen. Vet down. Dit is het dus. Het afscheidscadeau.

Ik slik een geweldige brok weg. Hoe kan ze mij zoiets verschrikkelijks op zo'n kalme manier vertellen? In de verte hoor ik haar stem die zegt hoe ze alles vanaf haar wolkje ziet, als ze straks niet meer bij ons is. Ze ziet het ook als ik geen huiswerk gemaakt heb, zegt ze. Ik weet niet of ik nou moet lachen of huilen. Ik krijg een vreselijke keelpijn. Nee, mama moet het redden. Ze gaat het gewoon redden!

Ik voel dat ik nu ga flippen. Mijn wangen zijn nat en koud en mijn ogen branden.

Mama trekt me naast zich op het bed. Door die tranen zie ik het bed maar half en ik hoop dat ik er niet naast ga zitten.

'De dokters hebben gedaan wat ze konden.'

Nietes! denk ik.

'Misschien haal ik het dit keer niet...'

Maar ze hebben helemaal geen verstand van mijn
moeder. 'Je haalt het wél!' zeg ik. 'Dat kun je best.'

Ze streelt mijn schouders. 'Ik dóe mijn best, Mara.
Maar als...'

'Niets áls. Ik wil het niet horen, mama.'

Ze legt haar hoofd tegen het mijne. 'Luister even, lieve
Mara. Ik wil gewoon zeggen dat ik met jullie zó'n
fantastisch fijn gezin heb gehad. Mag ik dat zeggen?'

Ik knik.

'Dus daar bedank ik je voor. Ik heb zulke heerlijke
tijden gehad met jullie en papa. Ik weet nog heel goed
hoe het was, toen jij geboren werd. Nieuw leven, dacht
ik. En wat een mooie baby.'

Ik glimlach wat onzeker.

'En wij mochten ervoor zorgen. Hebben wij dat goed
gedaan, Mara?' Mama kijkt me aan. 'Hebben wij goed
voor je gezorgd?'

Als ik een string krijg, wel, wil ik zeggen, maar ik zeg:
'Best wel.'

'En als het monster toch wint, dan moet je doorgaan
met je leven, dat is mijn wens. Daarvoor heb ik je
gekregen.'

Ik zeg niets.

'Je moet doen waar je nu ook mee bezig bent. Je wilt
toch graag sieradenontwerpster worden? Beloof je me
dat je daarmee doorgaat?'

Ik zeg nog niets.

'Mara?'

'Ik wil dat niet zonder jou,' zeg ik.

Ze pakt mijn hand en legt hem op haar borst. Die rotknobbelborst. 'Voel je mijn hart?', vraagt mama. We zijn heel stil. In de diepte van mama's lichaam voel ik een zachte klop. 'Ta-da-dam. Ta-da-dam.'

'Het klopt omdat jij leeft,' zegt ze. 'En zelfs als ik er niet meer ben, leef je in mijn hart. Geloof je dat?'

'Ik begrijp het niet,' zeg ik.

'In een hart,' zegt mama, 'zit de liefde. En die sterft nooit.'

Ik haal mijn hand van haar borst en leg mijn hoofd erop. In mijn oor, tegen mijn wang, achter mijn ogen, onder mijn haar, overal klopt mama's hart. 'Ta-da-dam. Ta-da-dam.'

We blijven heel lang zo liggen.

Tot we Kris horen roepen: 'O nee, mijn pompoenen zijn hartstikke scheel.'

'Ga maar naar hem toe,' zegt mama. Voorzichtig komen we overeind. 'Ze zullen zich onderhand wel afvragen waar jij blijft. Als Kris inmiddels die pompoenen niet allemaal scheel heeft gemaakt.'

Ik val mama om de nek. Ik zie rimpeltjes rond haar mond en kin. Die heb ik daar nog niet eerder gezien. Kanker maakt je oud. Nou, cool hoor.

Nu weet ik het zeker: de jurk kan wachten, ik moet

morgen met papa en mama mee naar het ziekenhuis
voordat mama helemaal veranderd is in een gerimpelde
oldie. Als de naald in mama's arm wordt geprikt, zorg
ik er wel voor dat ik de andere kant uit kijk.

Papa belt de school en vraagt of we die halve dag
kunnen missen. En wat denk je? Het kan best, de dag
voor de herfstvakantie doen ze toch niets vets.

Mama is maar stilletjes in de auto naar het ziekenhuis.
Ik zit met Kris achterin en stiekem moet ik de hele tijd
naar haar haren kijken. Ik kan er nu nog gewoon aan
voelen. Papa kijkt naar me in de achteruitkijkspiegel.

Mama weet inmiddels wel waar ze precies moet zijn
voor chemo. We lopen de behandelkamer in, waar
verschillende mensen aan het infuus zitten. Ze tanken
brandstof, zo lijkt het. En eigenlijk is dat ook zo. Een
verpleegster met lange blonde haren rijdt het serveer-
wagentje met gaasjes, chemozakjes en naaldjes naar
binnen. Ze brengt bij iemand een infuus aan. Gelukkig
zien we het maar half. Dan komen wij wat dichterbij.

'Zo, zijn jullie al vrij?', lacht ze.
'Nee, we hebben vrij *genomen*,' verbetert Kris haar
gewichtig en ze knipoogt naar mij.
'Oké. Zeg, willen jullie zien hoe ik het infuus bij mama
vastprik?'
Ik denk weer terug aan die vorige keer en voel me
gelijk misselijk worden.

'Ik, eh... neu...,' kreun ik, terwijl Kris knikt: 'Ik wil het wel zien.'

Papa weet iets beters. Hij neemt ons mee naar de wachtkamer en als de naald in de arm zit, zal de zuster ons komen halen.

Het knobbelmonster

Dit keer is het hier een stuk drukker dan een halfjaar
geleden, denk ik. Er komen steeds meer mensen bij.
De een is kaal, de ander draagt een petje, sjaaltje of
hoedje. En weer anderen een pruik, dat weet ik zeker,
maar dat zie je nooit zo goed. En trouwens, stel je
voor, dat kun je toch niet aan iemand vragen? Fijn,
dat je niet ziet of het echt haar is. Kris zou eens nasty
opmerkingen kunnen maken.

'Superdeduper! Die meneer heeft zeiloren,' hoor ik het
verbaasde heldere jongensstemmetje van mijn lieve
broertje naast me en papa en ik verstijven van schrik.
De kale meneer zit tegenover ons en hij glimlacht.
Gelukkig.
'Ja jongen, toen ik nog haren had, kon ik ze daaronder
verstoppen, maar dat gaat nu niet meer. Dat heb je
goed gezien.'

Kris wiebelt op zijn stoel. Het valt me nog mee dat hij
niet over zijn puntneus begint.
'Mijn mama was de vorige keer met Pasen net een
paasei. We hoefden er alleen nog maar een strikje

omheen te doen en klaar waren we met versieren.'
Ik kijk wat ongemakkelijk en papa begint te kuchen.
Hij pakt een krant van het tafeltje voor hem. Maar Kris
ratelt gewoon door: 'En nu lijkt ze straks weer op een
pompoen met Halloween. Maar wel een lieve.'
Even stil.

'Mijn mama krijgt nieuw spul. Het heeft de vorige keer
maar slecht geholpen. Weet jij dat ze een monster in
haar bloed heeft? Een echt knobbelmonster?'
De meneer tegenover ons luistert aandachtig. 'Ja? Heeft
je mama dat? Ik ook.'
Maar Kris schudt wild: 'Nee, niets van waar. Jij kunt
mama's monster niet hebben, want jij hebt geen tietjes.
Toch, papa?'
Papa grijnst schaapachtig. 'Eh... ja. Nee! Nee, bedoel ik.
Waar blijft die zuster nou?'
Er komt iemand in een witte jas de wachtkamer in. Ik
denk een van de artsen.
'Meneer Castellee? U kunt weer naar uw vrouw.'

Met een zucht van verlichting staat papa op met de
krant onder zijn arm. 'Kom, we kunnen gaan.'
Maar Kris blijft stuurs zitten. 'Nee hoor. Dat is geen
zuster.'
'Wel. Mannen kunnen ook zuster zijn.' Papa trekt een
tegenstribbelende Kris met zich mee.
'Nietes. Jij hebt ook geen tietjes!', roept hij nog gauw
om het hoekje voordat hij de afdeling opgesleurd

wordt. Als ik achterom gluur, zie ik dat de verpleger ons verbijsterd nakijkt.

'Moest dat nou?', bromt papa tegen Kris die zich van geen kwaad bewust is.

'Ja, maar ze hadden toch ook allebei geen tietjes? Dat monster komt alleen bij mama's.'

'Ssssssttt!' sissen papa en ik. We staan middenin de behandelkamer en iedereen staart ons aan. En wij hen. Volgens mij hebben ze het allemaal gehoord.

Daarna gaan we naar de speelkamer om daar te wachten tot mama de chemo in haar lijf heeft zitten. Dit keer gaat papa met ons mee. En terwijl Kris gretig in het krat met auto's duikt, vliegen mijn ogen langs het boekenrek. En laat daar nou een leesboek tussen staan dat vertelt over een meisje van mijn leeftijd en haar zieke moeder. Gaaf. Cool, ze heeft nog een broertje ook.

Papa vouwt de krant open. Twee uur later staan we weer buiten. Mama heeft gelukkig een 'kortdurende kuur', zo noemen ze dat. Sommige mensen moeten wel twee keer zo lang aan het infuus.

'Ik ben wat slapjes in de benen,' mompelt mama tegen papa terwijl ze over haar arm wrijft. Daar zit een grote pleister. 'Ik voel het spul gewoon in mijn knieholtes zitten.' Ze ziet ook wat witjes. Ik geloof zelfs dat ze bibbert. Papa helpt haar de auto in. Ze zegt niets meer, de hele weg terug. Mama voelt zich erg down.

De volgende dag begint met stromende regen die tegen mijn dakraam klettert. Als ik slaperig naar de badkamer sjok, vallen me de donkere plekken op, een heel paadje. Van de grote papa- en mamaslaapkamer tot aan de badkamer. Dan weet ik ineens wat het zijn: plukjes haar. En als ik de badkamerdeur openmaak, staat daar mama in haar nachthemd. Ze wiebelt op haar blote voeten en moet zich aan de rand van de wasbak vastklemmen om niet te vallen.

Ze kijkt me met grote angstogen aan en ik houd mijn adem in. Dit voelt niet tof. Als een razende ren ik naar de grote slaapkamer, op zoek naar papa. Maar die is er niet. Waar zou hij zijn?

Waar?

Waar?

Ik hoor beneden gerammel van potten en pannen en gepraat. Het zijn de stemmen van papa en Kris.

'Papa, papa, mama gaat dood!' gil ik op de overloop.

Ik hol de trap af met soms twee treden tegelijk. Als ik beneden ben, wordt de kamerdeur opengegooid en stormt een krijtwitte papa rakelings langs mij naar boven. Maar ik ga niet terug, ik wil het niet zien, no way. Stel dat...

Stil ga ik in het verste hoekje van de bank zitten.

'Heb je het soms koud of zo?' Ineens staat Kris voor mijn neus met een viltstift. Hij was net nog aan het kleuren. Ik heb er helemaal niets van gemerkt dat hij

naar me toegekomen is. En koud... hoezo koud? Zal
wel van de schrik zijn. Ik krijg erge zin om hem te
knuffelen. Hij wil niet. Arme Kris. Ik vind het toch zo
wreed voor hem. Maar mijn broertje voelt zich niet
zo zielig. Hij gilt: 'Let nou eens op mijn stift.' Maar ik
let niet op, wat kan mij het nou schelen dat er ergens
misschien een dom streepje komt. Je gaat nu toch niet
rustig kleuren?
Maar Kris rukt zich los uit mijn liefdevolle greep.
'Mara, je doet leip, hoor,' bromt hij.

Ik twijfel of ik naar boven moet gaan. Het lijkt me
superlelijk mama zo te zien. Even later hoor ik papa
rustig de trap weer aflopen. Hoe zal hij kijken als de
deur opendraait?
'Papa... is ze dood?'
Ik hoor mijn eigen piepstemmetje ook en daar baal ik
van. Ik wil niet pieperig klinken. Ik haat piepen! Mijn
stem blijft raar. Hoe hard ik ook kuch.
Papa ploft naast me op de bank neer. Hij zucht
opgelucht: 'Nee, lieverd, dat niet, maar ze voelt zich
wel ontzettend belabberd. En dat de haren hetzelfde
moment kiezen om uit te vallen, tja, dat maakt het
dubbel rot voor haar.'
'Het is ook bagger voor mij,' fluister ik, 'ik dacht echt
dat mama doodging. Ik heb het er ijskoud van, brrr. Ik
krijg het vast never nooit meer warm.'
'Jawel.' Hij slaat bezorgd zijn grote, warme arm om me
heen. 'Vervelend dat je dat net moest zien, Mara.'

'Wat is er met mama?', vraagt Kris.

'Heb je niets gemerkt, dan?' Ik kijk hem boos aan.

'Dat komt omdat hij veel jonger is, Mara.'

Nu trekt Kris een sip gezichtje.

'Er is niets met mama, Kris,' zegt papa snel, 'ze voelt zich alleen een beetje misselijk...'

'... en ze wordt kaal,' vul ik aan.

Ik vind het maar een slecht teken dat ze nu zo erg reageert op het spul, die chemo. Het kaal worden vind ik al vreselijk voor mama, maar die eerste keer verliep het totaal anders. Mama knapte toen steeds meer op. En nu, nu lijkt ze steeds meer af te knappen.

Jenny is bij ons. Ze zit bij mij op het bed. Samen staren we naar het midden van de kamer. Want daar staat iets gruwelijk gaafs. Je kunt er alleen naar raden wat het is, want ik heb drie grijze vuilniszakken kapot geknipt en ze eroverheen gehangen. Anders had mama mijn kunstwerk al opgemerkt. En dat vind ik jammer. Jenny's ogen dwalen de hele tijd af naar het ding.

'Wanneer maak je het nou open?', vraagt ze voor de honderdste keer ongeduldig.

Ik leg mijn vinger voor mijn lippen en sluip naar de deur. De overloop is leeg. Dan doe ik de deur dicht. Langzaam halen we de zelfgemaakte beschermhoes weg.

'Wow, dat glimt!', fluistert Jenny. 'Super, zeg. Wow. Maar hoe moet je je hierin bewegen?'

Ik hoor papa roepen. 'Mara, Joy voor jou aan de telefoon.'

Jenny en ik kijken elkaar verveeld aan. Dan loop ik naar de gang. De deur trek ik achter me in het slot. Papa staat onderaan de trap met de hoorn in zijn hand. 'Joy wil je wat vragen, maar volgens mij denkt ze dat je een eigen toestel hebt.'

Hij geeft me de draadloze telefoon. Ik trek een gezicht. Dat zou best kunnen. Joy denkt van alles. Papa gaat weer terug.

'Wat is er?'

'Yo, Mara, wazzup? Weet je wat ik vroeg toen je vader opnam? Hoe zit je roosjes-bh! Hihihi. Ik dacht dat jij het was. Met je eigen gsm.'

'Pffffrt, zei je dat?' Ik giechel. 'Ik heb niet eens een eigen gsm.'

'Dat heeft iedereen toch. Maar waar ik voor bel, Mara, heeft je vader nog werk voor me?'

Ik glimlach. Hé, komt dat even goed uit. Tijd voor mijn plannetje.

'Ach, misschien wel. Maar het zal vast geen vaart lopen met deze modeshow.' Ik zorg dat ik het laatste woord heel duidelijk inspreek. Ze moet vooral niet merken dat het niets met papa te maken heeft.

Ik doe of ik af wil bellen, maar gelijk hoor ik Joy's gil.

'Hè? Nee, Mara, ik wil alleen weten of ik iets misloop. En zo te horen heb ik daar gelijk in. Druk het gesprek nu niet uit. Dan loop ik mijn opdracht mis!'

'Nou...' Ik doe of ik diep nadenk.

'Ik doe het! Ik doe het! Ik doe het!' Joy klinkt nu heel vrolijk. 'Waar? Wanneer?'

'In het grote warenhuis in het centrum, volgende week, om 20.00 uur.'

Als ik het gesprek uitdruk, zie ik papa met zijn armen over elkaar tegen de deurpost leunen. Hij glimlacht. Ik schrik ervan. Hè, kon hij niet even zwaaien of zo?

'Hoelang sta je daar al?'

'Lang genoeg, maar ik zeg toch niets.' protesteert papa lachend. Nee, dat zal. Maar ik zie hoe hij kijkt.

'Goed gedaan, Mara. Ik wist wel dat ik zo'n slimme dochter had.'

Jenny komt de trap aflopen.

'Ik heb het gehoord. En, hapte ze?'

Ik knik.

'Perfect! Kapot gaaf! Alleen blijft het wel jammer dat we haar echt nodig hebben als model.'

'Heb je gezegd dat mijn bh mooi past?' Papa kijkt me vrolijk aan.

'Wow!' Jenny's ogen heb ik niet eerder zo groot gezien. Dan vertel ik haar over Joy's blunder en we schateren het allebei uit. Papa zet zijn handen in de zij en loopt heupwiegend de huiskamer in. Daar horen we mama vanaf de bank roepen: 'Wat doe jij nou?'

'O, Joy dacht dat ik Mara was.'

'Sprekend!' lacht mama.

Cool. Een grapje. Het is te lang geleden dat papa een

grapje maakte. Ik hoop niet dat het de laatste keer
zal zijn. Ik zal ze echt missen. Je kunt nu zien dat de
humor van Kris die van papa is.

De week kruipt voorbij. Hadden we nu maar school.
Never nooit gedacht dat ik dit ooit zou zeggen maar het
is waar: de dagen zijn kapot saai. En dan eindelijk is
het zover. Mijn show. Af en toe poets ik een stuk alu...
dinges op en verbeter ik nog wat aan mijn model. Maar
op de dag zelf is het helemaal klaar. Ik ben benieuwd
hoe het gaat lopen.
Duhh... ik had geluk omdat iedereen mijn vader kende
en meteen mee wilde doen. Alle kaartjes zijn verkocht.
Hoe Angela dat voor elkaar heeft gekregen, is me een
raadsel. Kris heeft net zolang gezeurd tot hij in de
nacht mee mocht, zoals hij het noemde. De oppas in de
vorm van opa en oma gaat nu ook gezellig mee.

We zitten met ons vieren in de grote auto. Papa, mama,
Kris en ik. Plus een hoop jurk. Steven heeft zijn vader
gevraagd mee te gaan. We hebben afgesproken op de
parkeerplaats. Gelukkig past mijn in plastic gepakte
monster precies rechtop in onze auto (met het bovenste
stuk door het open zonnedak).
Kris zit de hele weg lang te klieren en ik ben al zo
nerveus. Het zweet staat in mijn handen. En zou de
auto van opa en oma wel volgen? Daar zitten Joy en
Jenny in. Het is donker, ik zie het niet. Is Steven wel op
de parkeerplaats?

'Voel je je echt goed genoeg om mee te gaan, Mariska?', vraagt papa bezorgd onder het rijden.

Mama knikt. 'Ik wil het.' Ze heeft een dikke sjaal om, maar met het open schuifdak geloof ik nooit dat ze het warm heeft. Papa wrijft tijdens het rijden over haar been en over haar schouder. Dat maakt mama warm.

De show

Ik verdenk mama ervan dat ze eigenlijk liever thuis
was gebleven. Ik heb haar wel naar de badkamer zien
strompelen, vanmorgen. Die voelde zich beslist niet tof.
'Wat ben je stil, Mara?'
Ik schrik van mama's opmerking.
'Ik ben gewoon zenuwachtig,' mompel ik haastig.
'Natuurlijk,' knikt papa, 'begrijpen we helemaal.'
Mama steekt ineens haar hand achteruit en ik leg er
mijn eigen hand in.
'Kijk straks maar niet naar mij,' zegt ze, zo zacht dat
ik haar maar net boven het motorgeluid uit hoor. Ze
knijpt in mijn hand en laat me dan weer los. Dikke
doei, duhh... juist wel. Ik zie dat papa in het spiegeltje
met zijn mond trekt. Ik denk dat hij het ook heeft
gehoord en gezien.
Kris krabbelt aan mama's stoel. 'En ik, mama? En mijn
hand?' Hij steekt zijn handje naar voren, maar mama
kan er net niet bij. Kris zit niet recht achter haar, zoals
ik, maar schuin. Ik trek Kris zijn handje dichterbij en
dan lukt het wel.
'Dank je, Mara, lief van je,' zegt mama en ik voel me
heel happy ineens.

Het is druk op het parkeerterrein waar iedereen zijn spullen uitlaadt. Grote afgeschermde delen komen voorbij. Lampen, geluidsboxen en daar loopt Steven. Gelukkig, hij is er. Steven zwaait naar me. Hij is druk bezig met het verslepen van decorstukken.

Opa helpt me met mijn jurk.

Papa brengt eerst mama en Kris naar hun plek. Hij wordt de hele tijd tegengehouden door iedereen die hem kent.

Joy en Jenny zeggen niets tegen elkaar, als ze uit de auto van opa en oma stappen. Ze kijken elkaar allebei met een arrogante blik aan. Nee, dat zullen geen vriendinnen worden, Jenny en Joy. Oma brengt hen naar binnen.

Wow! Wat een boel mensen en wat een groot podium. Ik zie Dick van Doorn, de fotograaf en heel cool -dit is voor Joy wel interessant- Dick is op elk feest van bekend Nederland te vinden. En nu dus hier, bij ons. Hij gebaart met zijn arm dat ik naar voren moet komen. Dick's zilvergrijze haardos zit perfect. Haartje voor haartje. Zijn onafscheidelijke, in het oog springende rode stropdas valt zoals gewoonlijk meteen op. Hij zet het zwarte montuur van zijn hippe brilletje vaster op zijn neus. Hij is zo ijdel, ik weet niet of hij echt een bril nodig heeft of dat het misschien wel vensterglas is...

'We beginnen meteen, schat, sta je klaar? Ik leg iedereen uit wat er gaat gebeuren en dan mag jij de show beginnen. Daarna neemt Roos Room het over. Zij zal de show presenteren.'

Ik knik. Wel een beetje freaky om zo in het diepe
geworpen te worden, maar dan had ik het ook maar
niet moeten bedenken.

Dick van Doorn begint te praten door de microfoon.
'Dames en heren, jongens en meisjes. Welkom in dit
warenhuis. Deze geweldige show is in elkaar gezet door
Mara Castellee, samen met een aantal vriendinnen
en klasgenootjes. Mara kwam met het idee bij mij, ze
belde op, ik weet het nog goed. Ze wilde voor haar zieke
moeder een show geven. Ik vond het een prachtidee.
Je bent een topmeid, Mara! Maar waarom dan geen
show voor iedereen, dacht ik, en geld bijeenzamelen
voor het *Koningin Wilhelmina Fonds*, dat is een fonds ter
bestrijding van kanker. Wij, je vaders vrienden, willen
gratis helpen en we hopen dat we veel geld bij elkaar
krijgen. Dankzij jouw plan, Mara. Kom eens hier, en
neem je applaus in ontvangst. Buig maar. De show kan
beginnen...'

Ik kijk recht in het publiek en zie ze allemaal naast
elkaar zitten. Papa steekt zijn duim omhoog. Mama
lacht. En dan beginnen we. Wreed. Ik hoop dat alles
lukt.

Het is maar goed dat ze niet weten dat ik het van de
zenuwen bijna in mijn broek doe. En een natte broek is
niet tof...

We staan nerveus samen achter het gordijn, Joy in mijn prachtjurk en ik. Joy zit als de generaal in zijn legertank in mijn jurk en ik poets alle bling-bling voor de laatste keer tot alle mogelijke vingerafdrukken verdwenen zijn. Ze kijkt me met haar zwaar opgemaakte ogen kwaad aan: 'Als ik wist dat het een show van jou was, deed ik niet mee. Je hebt tegen me gelogen, topmeid... rotmeid! Deze jurk is bagger.'

Per ongeluk kom ik met mijn stofdoek in haar gezicht terecht en Joy reageert meteen overdreven: 'Ppffrt, weet je eigenlijk wel zeker dat je geen ding uit het oorlogsmuseum gepikt hebt?'

'Duhh... maar wat zeur je nou? Als ik had gezegd dat het voor mij was, had je het zeker niet gedaan. En je mag nog wel een echte modeshow lopen in een vet coole jurk. Een echte *Mara Castellee*.'

'Jurk? Ik voel me of ik in een heel vol blikje doperwten zit.'

'Wat klaag je nou toch de hele tijd? Je moet op.'

Het piept en het kraakt als Joy langzaam gaat lopen. Eigenlijk kun je het geen lopen noemen, eerder schuiven. Ik vind het er zelf heel erg mooi uitzien met al die flinke stukken bling-bling. Ze heeft zo wel wat weg van een enorme tafelbel.

En dan, zomaar ineens tolt het gevaarte steeds sneller rond. Joy begint benauwd te gillen. Ze zal wel duizelig worden van al dat gedraai. Oei, die voelt zich niet tof. Maar de hele zaal klapt de handen blauw. Ze denken

allemaal dat het erbij hoort. Volgens Joy is ze uitgeteld.
Ze probeert voorzichtig naar voren te stappen. Maar
omdat ze niet lang genoeg heeft gewacht, wappert ze
als een razende met haar armen om haar evenwicht
te houden. Dan rolt ze opnieuw om. Het metaal geeft
een hoop herrie. Of je een vuilnisbak vol flesdoppen
omgooit.

Joy spartelt wild om weer overeind te krabbelen, maar
dat kan ze niet zelf. Daarom help ik haar. Het publiek
vindt het schitterend... maar Joy niet. Ze gilt dwars door
de muziek heen. En als ze kon, duwde ze mij van zich
af.

'Dit is geen modeshow lopen, maar rollen. Je hebt me
expres hiervoor gevraagd.'

'Nietes!' roep ik terug, boven de harde tonen uit. 'Wist
ik veel dat hij zo zou tollen.'

Joy geeft de binnenkant van de jurk een schop: 'Beng.'

'Au! Wat heb je er allemaal inzitten, beton soms?' Ja, je
zou denken van wel.

Ik help Joy van het podium af en ze weet niet hoe snel
ze uit het gevaarte moet stappen.

'Shitjurk, snertjurk!'

Terug achter het gordijn kust iedereen me op de
wang en klopt me op de schouder. Allemaal collega's
en kunstvrienden van papa die mij kennen. Ook
presentatrice Roos Room, die al klaar staat om naar
voren te gaan.

'Je was geweldig, Mara, en dat voor een eerste keer.'

Haar korte blonde krullen schitteren in het licht van de lampen en dan is ze weer verdwenen.

Ik krijg een glimmende blauwe jurk in mijn handen geduwd. Wat moet ik hiermee doen?

Dick knikt me toe: 'Aandoen, Mara. Kom op, ga je me soms vertellen dat jij nooit model hebt willen zijn? De dochter van een kunstenaar?' Hij strekt zijn beide armen uit: 'De lichten, de mensen, de mode.'

Mijn tietjes, denk ik. Die zien ze vast! Kris zou het keihard geschreeuwd hebben. Gelukkig zit hij in de zaal.

Dick houdt zijn hand voor zijn oor. 'Wat zei je nou? Hup kind, ga toch eens omkleden.'

Anyway, zo komt het dat ik zelf ook ineens met de show meedoe. Dat was eigenlijk niet de bedoeling, maar het is wel heel gezellig. Mama glundert en papa fluit als hij mij ziet. Ik vind het zelfs jammer wanneer ik klaar ben en terug naar de zaal moet.

Voorzichtig baan ik me een weg langs verschillende stoeltjes en banken naar de rij waar papa en mama zitten. Ze geven me een zoen op de wang.

'Je deed het zelf hartstikke cool en de *Joy-lellebel* was superdeduper fantastisch', zegt Jenny een beetje vals in mijn oor. Grinnikend duw ik haar naar voren. Ze moet straks lopen. Dus is het wel handig als ze zich gaat verkleden.

Ze stapt het podium op, in een keurig rokje, echt iets voor een secretaresse op wiebelhakken. Ze loopt heel elegant, zo de catwalk over. Iedereen klapt en Jenny kijkt erg blij.

En dan moet Angela! Dick van Doorn was bang dat het erg moeilijk zou worden om een dressman te vinden. Er zijn nu eenmaal weinig jongens die graag model worden. Maar ik zei tegen hem: 'Ik ken een meisje dat jongensachtig genoeg is om gave mannenkleren te showen.'

En dat klopt. Angela stapt vet cool over de planken met glimmend stekelhaar. *Superdude* staat er op haar trui. Ja, Angela is echt vet cool.

Ik kijk opzij. Joy gaat boos en ontevreden op het hoekje van de bank zitten. Ik weet niet waarom ze nu zo boos doet. Het dak ging er gewoon af, toen zij showde. Volgens mij vond de zaal het kapot gaaf.

De rest van de show zie ik maar half. Ik zit nog na te genieten, want ik ben erg blij dat het gelukt is. Allerlei modellen komen voorbij, maar ze halen het geen van allen bij mijn jurk. Het wordt rustiger, zelfs doodstil als Roos Room het dankwoord opleest. 'Jenny, Joy, Angela, Steven en alle aanwezige kunstenaars plus het warenhuis: bedankt voor de fantastische modeshow. Applaus! Dank je wel Mara, voor het aanzwengelen.'

Mama glimlacht naar me, een hele warme, lieve lach, die zegt: 'Je hebt het goed gedaan.' Ze ziet er happy uit. En dat allemaal door wat gemoffel.

Hoe het nu ook verder mag aflopen, met mama en ons,

of met ons en zonder mama: zij heeft de hele avond
plezier gehad en daar ging het om. Dit pakt de kanker
haar niet meer af.

Dan zie ik dat mijn hele klas er is. En het hele gespuis.
Arie, Pascal, Isabel, Marit maar ook Tom en Kas, ze
vliegen op me af en klappen vrolijk in hun handen.
'Mara, wat mooi. Heb jij dit in je eentje bedacht?'
Meester Jeroen staat vol bewondering naast me.
Ik voel me gloeien van trots: 'Ja, maar Jenny, Steven,
Angela en Joy hebben me geholpen.' Ik wijs ze een
voor een aan. Joy staat onverschillig tegen een steentje
aan te schoppen.
Meester Jeroen glimlacht naar me. 'Angela is namelijk
ook naar de school toe gestapt. Daardoor zijn we hier.
Jullie hebben het allemaal goed gedaan.'
En tegen Jenny zegt hij: 'Jij deed het heel mooi.
Je wordt vast een goede secretaresse.' Jenny wordt
vuurrood.
Zelfs *Joy-lellebel* deed het goed, denk ik, misschien een
beetje gemeen van me. Ik geef het toe.

Koekjes bakken

Mama heeft het precies uitgemikt om na de show écht ziek te worden. Hoe heeft ze dat gedaan? Sinds de show is geweest, voelt ze zich vreselijk down. Ik hoop dat het niet van het ritje naar het warenhuis is geweest. Nee, vast niet, het was zo'n kort ritje. Anyway, ze is misselijk en moe, ontzettend moe. Ze ligt maar in bed te liggen, terwijl ze ons zelf altijd op het hart heeft gedrukt om goed te eten. Hoe kan ze nou weer sterker worden als ze de hele tijd zwak, ziek en misselijk is? Als je je beroerd voelt, eet je slecht, dat weet toch iedereen? Dat is standaard.

Het is woensdagmiddag. Papa werkt in zijn atelier en mama ligt nog steeds op bed.
'Ik wil ook wat voor mama doen.' Kris trekt aan mijn mouw. We zitten samen voor de televisie.
'Wat zou je dan willen doen, ukkie?'
Daar moet Kris hard over nadenken.
Ik zucht. 'Het zou handig zijn als je al een idee had.'
'Ik... eh... eh...' Hij staat ineens rechtop van de bank.
'Ik weet het.' Hij kijkt me stralend aan. 'Ik wil koekjes bakken!'

Ik verdenk hem er sterk van dat hij het ter plekke
verzint. Hè, en ik zat net zo lekker half te dutten voor
de tv. Want denk je nou dat Kris zelf gaat bakken?
Net wat ik dacht. Hij prikt in mijn schouder: 'Mara.
Meedoen. Alsjeblief? Ik mag niet in mijn eentje
koekjes bakken. Mara?'
Met een grote zucht sta ik vanuit mijn lekker knusse
hoekje op. Jammer. Maar inderdaad: Kris alleen met
de oven, no way. Ik zal vragen of papa ook mee koekjes
gaat bakken.
'Maar dan moet jij ook iets voor mij doen, puk.'
Kris knikt. 'Wat dan?'
'We houden een pyjamafeest!' Ik heb altijd al een eigen
pyjamafeest willen houden maar om de een of andere
reden is het er nooit van gekomen.
'Bleeh, dat is voor meisjes,' pruilt Kris.
Nou moet hij kappen. 'Wil je dat ik meehelp met
koekjes bakken of niet?', vraag ik kattig met mijn
handen in mijn zij. Kris zucht diep. Ik giechel.
'Dan laten we papa en mama ook meedoen met
het pyjamafeest. Zie je papa al de hele dag in zijn
pyjamaatje rondlopen?'
'Keigaaf idee.' We zien het al voor ons en we moeten er
hard om lachen.

Papa wil best meehelpen. Hij doet de oven aan en
draait hem op de goede stand.
Eens kijken, wat heb je allemaal nodig om koekjes
te bakken? Volgens mij heeft mama een *Margriet-*

kookboek in de la van de keukenkast liggen. Er liggen
ook drie schorten bij. Kris en ik trekken allebei een
schort aan. Kris is mijn hulpje. En na een tijdje
staan alle spullen in een rijtje op het barretje. Meel,
bakpoeder, speculaaskruiden, een beslagkom, een
maatbeker. Hm, het begint al lekker te ruiken in de
keuken.
En nu? Ik probeer het gewoon. Hoe moeilijk kan het
zijn? Ik heb het mama vaak genoeg zien doen.

Eerst moet je het recept lezen, dan gooi ik alles in de
grote kom, een beetje water erbij... ow, een beetje veel
water, kan dat kwaad? Bakpoeder vergeten. Alles erbij.
Het is toch dun door dat water. Dan zit er maar één
ding op: ik kieper het hele pak meel in de bak. Kris
begint te kuchen. Ik roer het hele zwikkie door elkaar.
Heej, wat draait dat zwaar.

'Mist het ineens in huis of zo? Poehee, moet je zien,
wat een wolk.' Zei papa nou iets?
'Hè? Zei je wat, papa?' Ik houd even op met het roeren
in de bruine brij. Pfff, wat een werk.
'Mara, heb je een pruik op? Je hele haar is wit.'
Ik kijk Kris ongelovig aan. 'Dat kan niet, heb je het mij
dan in mijn haar zien doen?'
'Toch is het keiwit, net sneeuw...'
'O, Mara!' roept papa geschrokken.
Mama's make-upspiegeltje zit in een andere la. Voor de
zekerheid even kijken. Zal vast niets van waar zijn. Kris

heeft meer van die dingen. Let op, direct hoor ik hem ineens achter me lachen.

'Kijk maar. O... heftig.' Het spiegeltje liegt niet. Het lijkt inderdaad of ik een bus met poedersuiker boven mijn haar heb uitgestrooid. En als ik eens goed kijk naar mijn buurman, zit die er ook helemaal mee onder. En de vloer rondom de bar. En het aanrecht...
'Weet je wat ik doe?' Kris weet het niet. Hij schudt zijn hoofd. 'Ik prop die vormpjes vol met deeg en dan zet ik ze gauw in de oven. Niemand die er iets van heeft gezien.'
We hebben de allerhipste en veiligste oven die er is. Hij werkt op knopjes. Elektriciteit, zegt mama. En hij wordt van buiten niet heet. Dat vinden papa en mama minder gevaarlijk. Maar papa pakt de volle bakplaat van me af. 'Ik zal het er in zetten. Dat lijkt me beter.'

Koekjes in pyjama

En dan komt mama binnen. In een blauw nachthemd.
Daar draagt ze een roze badjas overheen. En haar twee
sjaaltjes heeft ze rond haar hoofd gebonden. Dat is
even wennen. Ik had haar alweer zolang met krullen
gezien. Maar ik heb haar gezicht nog nooit zo snel van
spierwit naar vuurrood zien veranderen als nu. Ze hapt
naar adem.

'Wat zijn jullie van plan?'

'Wij zijn het, mama,' lach ik. Maar ze kijkt niet happy.
Helemaal niet, zelfs.

'Wat zijn jullie van plan?', vraagt ze nog eens vermoeid.
'Bakken jullie taart? Ik ruik taart.'

'Taart? Koekjes, zie je dat niet?' Kris kijkt haar beledigd
aan.

'Jullie lijken zelf wel een taartje. Heb je al iets in de
oven staan? En deed je dat wel voorzichtig genoeg?'

Papa knikt: 'Ze deden het goed. Ik heb ze geholpen met
de oven aanmaken en de bakplaat erin stoppen.'

'Ja. Kijk,' lach ik naar mama, 'Sweety hè, die Kris, om
ook wat voor jou te doen?'

'O...' Er breekt een glimlach door op mama's geschokte
gezicht. 'Nu begin ik iets te begrijpen. Uhm, dat is heel

erg lief. Weet je wat, ik help jullie mee. Is er nog een schort? Volgens mij wel.'

Er is nog een schort, want papa heeft er geen om.

Het is wel een raar gezicht hoor, een badjas met daar een schort overheen. Ik weet best waarom mama meteen mee wil helpen. Ze vindt dat we er een zootje van maken. Maar dat valt toch best mee? En trouwens, ik ben allang elf en als je elf bent, kun je vet gave koekjes bakken.

Mama helpt Kris en mij suikervrij te maken. De poedersuiker zit overal en al die bruine plakkerige slierten deeg...

Papa glimlacht naar mama terwijl ze bezig is met poetsen.

'Blij je weer beneden te zien, lieverd. Fijn dat het beter met je gaat.'

'Ik weet alleen niet voor hoelang...'

'Dat weet niemand,' zegt papa.

Het is waar. Dat weten we niet. En ik wil het ook niet weten. Hè bah, het was net zo'n gezellige boel hier. Het moet snel geiniger worden, anders gaan ze weer huilen.

'Wanneer houden we het pyjamafeest, Kris?'

Kris wijst grijnzend naar mama. 'Mama houdt elke dag pyjamafeest.'

Papa kijkt ons niet-begrijpend aan. 'Waar hebben jullie het in vredesnaam over?'

Kris en ik beginnen door elkaar te praten.
'Stop, stop!' Papa slaat zijn handen tegen zijn oren.
'Jullie maken ons hartstikke doof. Mara, wat gebeurt er
allemaal?'
Als ik papa onze ruil uitleg, moet hij lachen. 'Oké.
Dan houden we dit weekend ons pyjamafamiliefeest,
plechtig beloofd.'
Kris en ik juichen. 'Vet cool!'

Diezelfde woensdagavond eten we onze eigen koekjes.
In pyjama.
Ik vind het er wel een beetje vreemd uitzien. Papa
lijkt een stuk jonger in die gestreepte pyjama. Wat een
hippe look.
'Mara, wat kijk je?'
Paf! En meteen krijg ik een kussen van de bank tegen
mijn hoofd gesmeten.
'Papa,' mijn haar moet super zitten. Wat denkt hij nou?
Papa heeft zeker geen pestende Joy in de buurt.
'Jij wilde een pyjamafeest houden,' glimlacht hij
ondeugend, 'en bij zo'n feest hoort een kussengevecht.'
Kris wil heel lang doorgaan met smijten en rondrennen
(dat mag hij anders namelijk never nooit zomaar),
maar ik vind het niet zo cool. Papa zie ik toch liever met
zijn gewone kleren aan. Zonder kussens om te gooien
in zijn hand. Kris komt even informeren.
'Nu voel je je niet zo zielig alleen, hè, mama. Met zijn
allen in pyjama?'
Mama zit op de bank en klemt het laatste kussen tegen
zich aan. Ze glimlacht. 'Nee, dat hebben jullie goed

gedaan. Heel apart om je vader weer als jongetje van tien te zien.'

En dan gaat de bel. En nog eens. We schrikken ons alle vier het apenzuur en schieten als een raket achter de bank.

'O...,' jammert Kris.

'Sttt,' sissen papa, mama en ik tegelijk. Als iemand nu om het hoekje kan kijken, zou hij iets heel mafs zien. De hele familie achter de bank.

Het zijn opa en oma, volgens Kris. 'Beslist.' Hij knikt eigenwijs.

'Dat weet je niet zeker,' fluistert papa, zoveel mogelijk in elkaar gedoken.

'Ik wil dat ze opschieten, ik moet naar de wc,' mopper ik.

Mama ligt in een deuk en ik kom ook niet meer bij van het lachen. Laat ze weggaan, ik krijg er gewoon kramp van in mijn buik. Direct hoef ik al niet meer naar de wc, want ik doe het nu bijna in mijn broek. Balen.

Maar na een poos horen we niets meer en sluipt papa naar het raam om zeker te weten dat de mensen echt, echt weg zijn. Dat zijn ze gelukkig ook. We zullen nooit te weten komen wie ze zijn geweest. En ik denk dat er voorlopig geen ander pyjamafeest meer zal komen...

Wat een ranzige bende, waar je maar kijkt. Ik ben blij dat mama zoveel lol heeft, vandaag. Dat is lang geleden, samen met mama onbezorgd lachen. Dat heb ik heel erg gemist.

Mama is een baby

Vandaag is het 30 oktober, de dag voor het
Halloweenfeest op school. We hebben dictee gehad
en het volle schrift mogen we zoals altijd mee naar
huis nemen. Bij de verzameling voegen. Nou ja,
verzameling... als ik er een paar dagen niet in heb
gekeken, heeft Kris er alweer in gekleurd. Ik zal mijn
schriften ergens hoog wegleggen, waar hij niet bij kan.
Supervrolijk rijden Jenny en ik naar huis. We zitten
vol plannetjes voor het feest van morgen, we willen
namelijk allebei het zelfde aantrekken. Jenny weet dat
ik met Steven ga, maar dat vindt ze niet erg. Ze komt
toch bij ons. Om Kris op te halen. En dan brengt ze
hem naar de zaal waar de kleintjes zich verzamelen. En
na het feest brengt Jenny hem weer naar huis. Ik kan
geen gavere vriendin wensen.
'Omdat je het al bagger genoeg hebt met zo'n zieke
moeder,' zegt ze.

Thuis zet ik mijn fiets in de berging. Ik stap door de
deur van de werkplaats. Maar papa is er niet. Nergens
iets van een papa te zien. Ook geen doeken waar hij
mee bezig is. Net of hij nog niet eens begonnen is.

Dan zal hij wel binnen zijn. Het is niets voor hem om alle deuren open te laten. Volgens mij moet hij dus wel ergens in huis zijn. Maar in de keuken: nee.

De woonkamer dan: nee hoor.

Misschien... ik weet het al: bij mama!

Ik ren de trap op en kom hijgend boven aan. Het ruikt er vreemd, wat weeïg. Het doet me denken aan babyvoeding. Maar wij hebben allang geen babyvoeding meer in huis. Waar komt die geur dan vandaan?

Als ik de slaapkamerdeur van papa en mama opentrek, zie ik iets wat ik mijn hele leven nooit meer zal vergeten. Het staat gewoon in mijn hoofd geschreven, forever.

Papa helpt mama met eten. Olvarit. Uit een potje. Lepeltje voor lepeltje wordt ze gevoerd, als een baby. Als een oldie. Ze steunt op een arm. En dat doet pijn, want haar gezicht betrekt hevig.

'Au!' kreunt ze en ze zakt in haar kussen terug.

Ik vlucht de kamer van Kris in. Hoe ik er nog aan denk om over de rondgestrooide autootjes te stappen om niet te struikelen, weet ik niet. Dat is standaard.

'Doet het erg zeer?', hoor ik papa dom vragen. Ja, duhh...

'Vandaag is het echt veel erger dan anders, Jorn.' Ik hoor hoe ze hijgt. 'Zeg niets tegen Mara en Kris, wil je? Doe dat potje maar weg. Ik lust niet meer.'

Veel erger dan anders, dat klinkt niet hoopvol. Ik spits

mijn oren. Wat zegt papa over ons? 'Heb je de brief
voor Mara, Maris? En de foto's voor Kris?'
Blijkbaar knikt mama nou, want ik hoor niets. Een
brief. Wat zou daar dan in moeten staan?
'En de troostdoos is ook klaar, hè?'

Dit keer hoor ik alleen maar een snik. Voordat ik er erg
in heb, ben ik naar binnen gerend en op mijn knieën
voor het grote papa- en mamabed gezakt. Mama aait
met haar magere, witte vingers over mijn hoofd.
'Ik wil geen troohoost doohoos, ik wil jou!', huil ik. 'Je
mag van mij zo kaal mogelijk rondlopen. Ik zal niets
zeggen. Zet mij voor aap op school. Als je maar beter
wordt!'
Hoe mama nu zelf zo rustig kan blijven, daar snap ik
niets van.
Papa zit huilend aan de ene zijkant, ik aan de andere op
mijn knieën, terwijl ik het dekbedovertrek nat maak.
En mama? Die zegt of het de normaalste zaak is van de
wereld: 'Ik vraag me al een tijdje af wanneer ik iets voor
de laatste keer zal doen. Eten, drinken, praten, lachen.
Wie zal ik het allerlaatst zien? Ik hoop jullie, Jorn, Mara
en Kris.'
'Nee, Dollie!'

We draaien ons allemaal om. Kris staat bij de deur. Hij
heeft zijn knuffeldolfijn vast.
'Mama, kijk. Dollie komt je gezelschap houden, als je
hier ziek op bed ligt en wij naar school zijn.' Hij legt

zijn lievelingsknuffel naast haar en stopt het netjes in. 'Zo Dollie, net als in het ziekenhuis, weet je nog? Pas jij goed op haar? Wees keizacht, want mama heeft overal pijn... hier mama, voel eens hoe zacht. Waarom huilen jullie nou met zijn drieën? Dollie let toch op haar? Heeft er dan niemand zitten luisteren naar mij?' Mama vraagt of ik Kris mee naar beneden neem. Dat snap ik wel, want dan kunnen de grote mensen met elkaar praten. Ze is niet graag meer beneden. Het zit zeker te rechtop in de bank.

'Dat was gaaf van jou, Kris,' zeg ik, als we naar beneden lopen. Het koppie voor me draait zich om. 'Maar Dollie wil ook best op jou passen, Mara.'
'Uhm, volgens mij is die liever bij mama, Kris.' Wat denkt hij nou, ik heb geen knuffelbeesten meer nodig. Ik ben geen kleuter.
'Als wij morgen naar het Halloweenfeest gaan, Mara, dan is mama niet alleen boven. Papa zit de laatste tijd veel te lang in zijn werkplaats beneden... '

Het Halloweenfeest... helemaal vergeten! Daar wil ik niet meer naartoe. Hoe kan ik dat nou doen als mama hier zieker en zieker ligt te worden of zelfs doodgaat? En dan ben ik aan het feesten? Dat is toch vet bagger.
'Er is niets, Kris. Kom maar. Dan gaan we samen weer kleuren. Waar is je kleurboek gebleven?'
'Goh, jij kleurt veel met mij. Waarom?' Kris pakt twee boeken uit de speelkast en ik de stiften.

'Omdat het lekker rustig is voor mama.' Ik lieg niet echt, maar ik ben me ook lam geschrokken toen ik haar zo hulpeloos in het bed zag. Ik schaam me dat ik zelfs durf te denken dat ze misschien wel doodgaat... ik krijg er gewoon de kriebels van.

Na een tijdje komt papa de trap af met onder elke arm een schoenendoos.
'Hier, Mara. Een troostdoos voor jou en ook een voor Kris. Je kunt er alle dingen in doen die met mama te maken hebben. Foto's, gedichtjes, tekeningen...' Hij kijkt hoe wij driftig kleuren.
'Een ring,' vul ik aan. Papa knikt. 'Goed bewaren. Die kun je dragen als je wat groter bent.'

Even staar ik voor me uit en dan smijt ik een van de kleurboeken hard weg. Papa en Kris schrikken ervan en ik word gewoon bang van mezelf als ik schreeuw:
'Ik wil geen ring. Ik wil alleen dat mama beter wordt. Geef mijn ring maar aan Joy! Als mama dan weer beter wordt! Wie bedenkt er nou zo'n irri ziekte.'
Stilte.

Papa haalt nerveus zijn hand door zijn haar en de stift van Kris maakt een krassend geluid op papier.
'Tja...,' mompelt papa. 'Tja...' Hij weet niet wat hij zeggen moet.
'Mara is boos,' zegt Kris, terwijl hij blijft piepen op het vel. 'Nou, dan ben ik ook boos. Papa, wij zijn boos!'

'Op wie? Het heeft geen nut. Het gebeurt toch...'

'Maar het is niet zomaar een mama. Het is *mijn* super coole mama. Duhh... als jij zo al begint, dan redt ze het never nooit,' snik ik met mijn hoofd op mijn armen, dwars over het boek heen.

'Onze mama!' verbetert Kris mij. Maar waarom zegt papa nou niets? Er drupt een stille traan op tafel. Ik snap het al, hij kan niets zeggen, zijn keel zit te dicht door die enorme brok. Die zit er bij mij ook. Ik heb nergens zin in.

'Morgen hebben we nog wel feest op school. Daar wil ik niet heen.' Mijn krullen voel ik in mijn kraag heen en weer zwiepen als ik met mijn hoofd schud. 'Neej.'

Dan komt papa bij ons zitten.

'Jawel.' Hij pakt mijn beide handen vast en kijkt me strak aan. Mama heeft me wel eens verteld dat ze verliefd op papa werd vanwege zijn trouwe bruine hondenogen. Maar toen stonden ze zeker niet zo droevig als nu. 'Jawel, dat is nou net wat ze wil: ga plezier maken.'

Ik zucht diep en trek mijn handen terug. Nou, dat zal dan vast erg vet worden.

'Papa, mogen we onze doos versieren?' Kris pakt er een. Papa knikt en hij aait Kris over zijn blonde stekeltjeshaar. 'Jij wel.'

'Huh,' doet Kris verbaasd, 'Mara niet?' Dan moeten we ondanks alles toch lachen. Wat trekt hij een beduusd gezichtje.

Als wij beginnen aan de buitenkant van de doos, vertelt papa dat hij met mama heeft afgesproken dat tante Birgit ons komt helpen. Tot er een gezinsverzorgster zal zijn.

'Wat is dat, papa?' Papa kijkt naar Kris en denkt even na. 'Dat is iemand die jou bijvoorbeeld naar school brengt.'

'Nee!' brult Kris. 'Dat moet jij doen.'

'We zien wel,' mompelt papa. 'Het maakt niet uit. Gelukkig werk ik thuis.'

Het papamonster

Tante Birgit is heus aardig, maar ze is natuurlijk veel minder gaaf dan mama.

'Ik wil dat jullie leuk zijn tegen tante Git,' zegt papa. 'Het is helemaal niet makkelijk voor haar en het is erg fijn dat ze hulp heeft aangeboden. Kan ik van jullie op aan?'

Kris en ik kijken allebei gruwelijk. Maar er valt niets te willen. Het is al afgesproken.

'Aaight,' mompel ik stuurs.

'Goed dan,' zegt ook Kris.

Als ik naar bed moet, kan ik niet slapen, er is te veel gebeurd in een dag. Ik heb gemerkt dat mijn mama veel zieker is dan ik eigenlijk dacht. Ze wordt snel veel slechter, ook. Er moet hulp komen in huis. Wat zal er een hoop veranderen. Niet alleen voor mijn lieve mama, maar ook voor papa, Kris en mijzelf.

Bah. Kanker is mega bagger!

Vanuit mijn kamer hoor ik papa en mama praten, ik kan niet verstaan wat ze zeggen, en ineens sta ik op blote voeten op de overloop, in mijn dunne nachthemd.

Ik gluur hun kamer in. Papa heeft alle kussens onder mama's hoofd en schouders gelegd en zelf zit hij naast haar, met zijn bips op de plaats waar eigenlijk zijn hoofd hoort te liggen, met zijn rug tegen de muur. Mama leunt tegen zijn borstkas.

'Ik heb het gevoel alsof ik gefaald heb,' zegt ze.

'Hoe kom je daar nu bij?' Papa geeft een kusje op haar gesjaalde hoofd.

'Ik laat ze immers in de steek.'

'In de steek?'

'Ja.' Mama's handen liggen stil op het dekbed. 'Straks ben ik weg. Maar ik ben zonder de kinderen nog nooit verder weggeweest dan naar de winkel.'

'Punt één: je bent nog niet weg.' Papa geeft haar weer een kusje. 'En punt twee: áls het gebeurt, dan heb je gedaan wat je kon. God, Mariska, als íemand zich heeft gegeven, dan ben jij het.'

'Ja, met de kuren en de pillen. Maar heb ik de kinderen wel alles gegeven? Ik weet het niet, misschien had ik meer kunnen doen.'

'Nee,' zegt papa. 'Je had niets meer kunnen doen. Je hebt de kinderen alles gegeven.'

'Maar ik kan nu helemaal niets meer voor ze doen.'

Papa streelt over haar hoofd. 'Toch wel. Dit, bijvoorbeeld. Doe dat es bij mij?'

Ze glimlacht en papa tilt haar arm op. Hij legt haar hand op zijn haar. Mama aait erover.

'Zie. Je bent de liefste vrouw en moeder. Echt. We kunnen ons niet beter wensen.'

'Ik wou dat ik het nog honderd keer kon doen.' Mama's hand gaat heen en weer, heen en weer over papa's bruine gordijntjeshaar. 'Ik zou alles nog wel honderd keer willen doen. Mijn hele leven. Dan zou ik...'

Het is een poos stil.
'Is er iets wat je anders had willen doen in je leven?' vraagt papa.
'Eigenlijk niet,' zegt ze. 'Ik zou er alleen ervoor zorgen dat ik die rotkanker niet kreeg. Maar ja, hoe doe je dat?'
'Dat weet niemand.'
'Voor de rest zou ik alles doen zoals ik het heb gedaan, geloof ik. Maar ik zou de kinderen nog wel eens in mijn armen willen hebben, zoals toen ze klein waren.'

Nou, mama, denk ik, dat ben ik helemaal niet met jou eens. Ik ben juist blij dat ik eindelijk groot word. Ik mag alleen de stad in. Ik heb mijn eigen spullen. Ik word sieradenontwerpster. Daar heb ik zin in. Klein kind zijn is bagger. Je kunt niks en je mag niks.

'Dat zou ik ook wel willen, Maris, maar dat kan niet,' zegt papa. 'Die tijd is voorbij.'
Mama begint te huilen. 'Ja, alle tijd is straks voorbij. Maar jij kunt verder. Ik ben gewoon jaloers op jou, Jorn. Jij mag ze altijd nog in je armen houden, wanneer je maar wilt. Bijvoorbeeld als Mara trouwt en een baby krijgt. Jij wordt nog eens opa.'
'Lekker.' zegt papa, 'daar heb ik nog helemaal geen zin in.'

'Maar ik word geen oma, Jorn. En als Kris een grote jongen wordt...'

'Dan mag ik de boete betalen wanneer hij te hard op zijn brommer rijdt,' probeert papa er een grapje van te maken.

'Ik zou er alles voor over hebben om zijn boetes te betalen, weet je dat?'

Waarom geeft ze mij dan geen string?

'En misschien trouwt Mara niet,' troost papa.

O, jawel! Ik trouw met Steven. Als ik achttien ben. In een heel mooie jurk, die ik zelf maak. En met heel mooie sieraden, overal om me heen. En ehm... met mama's ring om, dat wel, denk ik.

'Tegen die tijd zijn ze me misschien al vergeten, Jorn. Over vijf jaar of zo.'

'Natuurlijk niet. Niemand vergeet zijn moeder.'

Mama grijpt papa vast aan zijn grijze wollen trui. Ik zie hoe haar gele knokkels wit worden. 'Jorn! Zorg je ervoor dat ze me níet vergeten?'

'Dat spreekt toch vanzelf,' zegt hij. 'Schat.'

'Vertel hen hoe ik was als hun moeder. Hoe ik eruitzag. Wat ik deed. Mijn hobby: lezen. Jou helpen met de administratie.'

'Ja, en dat je altijd achter liep met de betalingen.'

'Dát is niet eerlijk!'

'Wél waar.'

'Doe nou even serieus,' zegt ze. 'Zul jij me ook niet vergeten? Alsjeblieft niet?'

Papa legt zijn handen om die van mama. 'Ik jou vergeten? Mijn grote, allergrootste liefde, licht van mijn leven, cement van mijn bestaan? Ik was al gek op je toen jij met je negen jaar bij ons voor op het pleintje kwam spelen. Wat had jij je bruine vlechtjes grappig zitten: helemaal scheef. Net de toren van Pisa.'

Mama giechelt zachtjes. 'Dat was gewoon niet goed gelukt. Ik wilde ze per se zelf vlechten. En dat ging fout. Mara heeft dat handige niet van mij, da's een ding dat zeker is.'

'Maar dus wel dat eigenwijze.'

Ze lachen nu allebei op gedempte toon.

'Ik zou voor altijd bij je willen zijn.' Mama knuffelt zich helemaal lekker tegen papa aan. 'Maar toch, Jorn. Luister. Als je eraan toe bent, wil ik wel dat je een nieuwe vrouw uitzoekt, hoor. Je moet om mij treuren, als ik er niet meer ben, op een verschrikkelijke manier.'

'O,' zegt hij.

'Al je tranen moet je uit je lijf huilen en ondertussen maak je een mooi schilderwerk. Van mij.'

'Oké. *Zoute Liefde* zal ik het noemen.'

'Ja, dat is een mooie naam. En als je ermee klaar bent, hang je het op een mooie plaats en dan zeg je: 'Maris, je weet hoeveel ik van je houd. Elke dag zeg je dat.'

'O.' Hij geeft haar een kus.

'En ondertussen ga je verder met je leven.'

Hij zucht.

'Dat betekent ook een nieuwe vrouw. Jij bent iemand die een vrouw nodig heeft, Jorn.'

Ineens sta ik bij het bed. Ik weet zelf echt niet meer

hoe ik daar gekomen ben.

'Waar hebben jullie het over?'

Ze schrikken allebei. Even kijkt mama naar papa en dan zegt ze: 'Ik zeg net dat papa over een tijdje een andere vrouw mag gaan zoeken. Alleen zijn is niets voor hem en papa is nog jong.'

Ik sta doodstil, maar ik voel het koude zeil niet eens.

'Dat mag je niet zeggen, mama. Je moet volhouden.'

'En als het niet goed afloopt met mij?'

Ik slik. 'Papa hoeft geen andere vrouw.'

Papa zucht diep. 'Zo is het', zegt hij. 'Denk je dat ik dat zomaar zal kunnen?'

Ik schud mijn hoofd. 'Nooit!'

'Toch gebeurt het wel na een tijdje,' zegt mama. 'Dat is normaal en het hoort bij het leven. En het is belangrijk dat je weet dat ik het goed vind, Jorn.'

'Dus jij wilt zeggen dat ik toestemming heb om je in de steek te laten?' Papa's ogen schieten vuur. 'Daar zit je de hele tijd al over te zeuren. Voor welk monster zie jij me eigenlijk aan, Mariska?'

Ik hoef het niet te horen. Ik ren maar gauw weer naar mijn kamer. Ik hoop dat het gemene monster van een papa en mama snel weer de beste maatjes zijn. Gelukkig duurt zoiets bij hen nooit lang. Duhh... nu kan ik helemaal niet meer slapen. Ik voel me superdown.

Als Jenny me de volgende ochtend komt halen, ben ik doodmoe.

'Wat zie jij eruit, Mara. Dat wordt wat vanmiddag op het schoolfeest.'

'Hè?'

'Je hebt me niet eens gehoord. Nu vertel. Wat is er aan de hand? Liefdesproblemen?'

Zwijgend haal ik mijn fiets uit de berging.

'Zo erg?', fluistert Jenny geschrokken en ik knik.

'Gaan Steven en jij uit elkaar?!'

'Nee, het is zover, mama gaat echt dood.'

Ik zie Jenny keihard in haar handvatten knijpen. Haar knokkels worden witgeel. Op straat is het druk. Veel te druk. De geluiden komen op me afstormen. Fietsers bellen, auto's rijden voorbij... Ik kan het gebel en geronk nu niet aan mijn kop hebben. Ik wil schreeuwen: 'Stil!'

Alle mensen zijn blij, de wereld draait gewoon door, terwijl mijn moeder doodgaat. Ik wil dat de wereld stopt met draaien. Ik moet de hele tijd denken aan die vrolijke mama in pyjama achter de bank, giechelend als een groot schoolmeisje. En dan zie ik weer hoe papa haar voert als een oldie.

'O Mara...,' piept Jenny, 'maar weet je het echt, echt, *echt* zeker?'

Ik knik huilend.

'Hoe is dat dan ineens gekomen? Toch niet door dat stomme briefje op het bord? Gisteren nog dacht je dat ze...'

Met een klein stemmetje vertel ik Jenny beverig wat ik zag. Mama met veel pijn. Ze zag er zo down uit. En dat ze zelfs gevoerd moest worden. Hoe mama praatte. Zo hijgerig. Zo moe. Dat het leek of ze het opgegeven had. En dat ze wist dat het niet meer goed kwam. Maar ook dat ik vooral plezier moest maken op het Halloweenfeest, vanmiddag.

'Nou, vet cool zeg,' bromt Jenny en dat klinkt ineens zo komisch, dat we allebei in een nerveuze lachbui uitbarsten. We krijgen gewoon de slappe lach. Ik probeer mijn tranen weg te vegen, maar er komen steeds weer nieuwe bij. Jenny begint ook al. We moeten even stilstaan. Het fietsen wordt zo wel moeilijk met die tranenzee. Ik zie de school in een wiebelige mist. Pascal komt nieuwsgierig voorbij fietsen. Ze kijkt heel lang achterom en ik vind het niet lauw.

Op school is iedereen zenuwachtig voor vanmiddag. Het bord hangt al buiten aan de voorgevel: *De Boomkever 50 jaar!* En de aula, waar het feest wordt gehouden, hangt vol skeletslingers, uitgeholde pompoenen en nepspinnenwebben. De hele klas helpt mee met het leggen van de laatste hand aan de versieringen. Daarna deelt meester Jeroen een stapel papier uit met daarop een enkel woordje waar je een opstel over moet schrijven. Het heeft met het schoolfeest te maken: *Heks, pompoen, spook* of *skelet.* Freaky.

Maar ik kan er mijn gedachten niet bijhouden. Ik moet de hele tijd aan mama denken.

'Weet jij iets vet freaky?', fluistert Pascal tegen Joy. Ik hoor haar duidelijk. Joy grinnikt: 'Ja, ik ga het over jou hebben.' Pascal geeft haar een duw en ik giechel.
'Ik heb het niet tegen jou, Mara,' zegt Joy kattig, terwijl ze zich omdraait. Joy is nog steeds kwaad op me omdat ik van tevoren niets tegen haar over mijn modeshow gezegd heb. 'Jij hebt zeker geen idee?'
Ik slik even. Ik niets weten? Wel dus.
'Gaan jullie eens beginnen met je opstel,' hoor ik ineens meester Jeroen naast me zeggen. Ik schrik ervan. Hij werpt een snelle blik op mijn lege blad.
'Ik ben al begonnen hoor, maar zij weet niets,' roept Joy snel.
'O? Kun je echt niets bedenken, Mara?'
'Jawel. Mijn mama gaat dood. Nu is het echt waar.'

Baf. Een mokerslag. De zin rolt over mijn tafeltje zo de vloer op, naar het schoolbord en klapt daar uit elkaar. Iedereen heeft het gehoord. De hele klas draait zich nu in één keer met open mond naar me toe.
'En het ging zo goed met haar, op de dag van de modeshow,' roept Angela half huilend.
Joy en Pascal staren me wezenloos aan. Ik voel de hand van meester Jeroen zwaar op mijn schouder. Ik slik en slik weer. Als ik het zachte gesnik van Jenny naast me hoor, beginnen de tranen ook over mijn wangen te stromen. Maar ik wil niet huilen en ik probeer met mijn mouw de tranen weg te vegen. Het lukt niet. Balen.

Wordt mama niet meer beter?

En dan sta ik ineens in de gang met Steven naast me.
Hij aait me lief over mijn arm.
'Waarom heb je mij dat niet eerder gezegd?'
'Jenny wist het ook pas net,' snif ik. Alsof dat een reden
was. 'Het ging heel lang goed. Of mama heeft lang
gedaan of het goed ging.'
'Ik denk dat laatste... Je hebt zeker geen zin meer in het
feest? Moet ik je vanmiddag nog wel ophalen?' Steven
kijkt me bezorgd aan, maar ik knik heftig. Duhh...
mama heeft gelijk: ik wil niet de hele dag treuren.
Het is genoeg geweest, even geen tranen meer. Ik zal
proberen om naar het feest te gaan.
Steven haalt mijn jas van de kapstok. 'We mogen al
weg, jij en ik, zei meester Jeroen.'
Maar ik pak de deurklink vast. 'Nee. Het is weer over. Ik
wil terug.'

Er is een stevige mist op komen zetten. Als ik met
Jenny naar huis fiets is het maar goed dat mijn licht het
doet. De mistflarden maken het buiten spookachtig. De

straatlantaarns schijnen er met hun fletse licht wazig doorheen.

'Dus we doen aan wat we hebben afgesproken?' Ik kijk naast me. Ik zie Jenny maar half door die mist. Ik roep keihard terug: 'Aaight!'

'Je hoeft niet zo keihard te gillen, ik ben niet doof. En trouwens, zo weinig zie ik ook weer niet,' roept Jenny.

'Jij roept toch ook?'

'Maar toch niet zo hard?'

'O, man. Ik geloof dat ik al thuis ben. Dus kom jij over een uurtje Kris ophalen?'

'Ja.'

Stilte.

Ik heb van papa een eigen huissleutel gekregen. Dat is wel handiger, nu hij met andere dingen bezig is. Als ik probeer om hem uit mijn jaszak te plukken, loop ik ergens tegenaan. Hè, welke sukkel zet er nou een fiets vlak bij de voordeur? En dat doet ook nog gruwelijk zeer aan mijn voet. Mopperend wrijf ik over mijn enkel. De sleutel past.

Het is rustig in huis. Te rustig, naar mijn zin. Ik gooi mijn rugzak op tafel. Alles komt er in één keer uitrollen: lunchbeker, lunchbox, een halve liga. Wat een zootje.

'Mara, dat denk ik toch niet,' klinkt het scherp achter me en ik schrik me wild. Tante Birgit, de zwarte haren opgebonden in een ingewikkelde staart, staat met haar handen in de zij. Met vonkende ogen kijkt ze me aan: 'Weghangen en die lege spullen naar de keuken brengen!' Het was haar fiets, dus.

'Maar tante Git...'

'Niets te tante Gitten.'

'Nou, dat begint goed,' denk ik als ik mijn spullen op het aanrecht smijt. Waar is mama? Ik wil mama terug.

Even verderop zit Kris met een gezicht als een oorwurm op de bank.

'Hoest?'

Kris slaat zijn armen over elkaar.

'Ik mag hier niks en er is niks. En papa en mama zitten boven handje in handje ook niks te doen. Waarom mag ik geen tv kijken? Dan doe ik tenminste iets.'

Wij mogen de laatste tijd meer voor de televisie zitten van papa, maar tante Git is erop tegen dat kinderen op de bank hangen en hun boterham voor de televisie eten. Dat moet van haar anders. Maar daar willen wij niets van weten. De tafel staat te ver van de tv af. Duhh... we moeten wel wat kunnen zien.

Papa stommelt de trap af. Als hij de kamerdeur openzwaait, kijkt hij ons streng aan.

'Wat zei ik nou? Dit versta ik niet onder aardig doen.'

'Nee!', roept Kris tegen tante Git. 'Dit heet bemoeien!'

'Zeg, Kris.' Papa kijkt hem boos aan. 'Ik had het wel tegen jou en Mara.'

'Tante Git is mama niet.'

Even is het doodstil, dan heft papa zijn arm op. Hij wijst omhoog. 'Ga maar naar je kamer, Kris. Zo'n grote mond wil ik niet horen.'

Als Kris met een ruk opstaat, pakt tante Git papa's arm vast: 'Laat maar, Jorn, hij is kwaad. Dat snap ik wel met een moeder die niet meer beter wordt.'

Nu valt er weer een pijnlijke stilte. Ik staar papa, tante Git en Kris geschrokken aan en storm de trap op.

'O Git, jij hebt ook de tact van een bloempot...,' hoor ik papa zuchten.

Mama slaapt nog als ik haar slaapkamer insluip. Tenminste, dat denk ik, ik weet het niet meer. Even luisteren bij haar hart. Gelukkig, het klopt en ik hoor haar ademhaling.

'Wat doe je?'

'O, mama, ben je wel wakker? Ik schrik me lam.'

Mama pakt glimlachend mijn hand vast. 'Moest je even controleren of ik nog wel leefde?'

Ik knik zwijgend en schaam me diep. Maar mama aait over mijn hand en zegt dat het niet erg is. Dan valt Kris de slaapkamer binnen.

'We mogen van tante Git niet eten en televisiekijken tegelijk.'

'Nou, dat komt toch mooi uit? Jullie moeten je omkleden voor het schoolfeest. Over hoeveel minuten staat Jenny voor de deur om Kris op te halen?'

Ik schrik. O ja. Boeien. Ik zal blij zijn als het feest voorbij is.

'Het is maar even dat tante Git komt helpen,' legt
mama uit. ' Zij is verpleegster, dus ze is het gewend om
mensen te verzorgen. En dan hebben we de maatschappelijk werkster af en toe. En als het nodig is, komt er
ook een gezinsverzorgster na... ehm...'
Ik bijt op mijn lip en weet best wat mama bedoelt: na
haar dood. Dan komen er allemaal vreemden in huis.
Kris is al naar zijn kamer gegaan. Hij gaat daar wel
spelen, mompelt hij.

Met tranen in mijn ogen kijk ik naar mama's witte
vingers. Ze ziet er uit als een porseleinen pop. Die heb
ik altijd graag willen hebben, maar nooit gekregen. Nu
moet ik daar aan denken, nu ik die enge vingers van
mama zie. Ik weet niet of ik zo'n pop nog wel wil.
'Ga je ook maar omkleden,' fluistert ze.

Het gespuis en de neppo-Joy

Het is nog steeds mistig als Jenny Kris komt ophalen. Hij heeft een donker kattenpak aan met puntige oortjes. Een lange staart sleept achter hem aan. Jenny en ik zijn gekleed als heksen. Ieder met een wijde, zwarte jurk en een megapuntmuts.

'Blijf bij Jenny tot je in de aula bent aangekomen.' roep ik Kris na terwijl ze de mist inwandelen. Ik hoor niets, maar zie even de kattenstaart heen en weer zwiepen voordat ze echt weg zijn.

Papa is aan het werk in zijn atelier. Hij heeft pas een opdracht aangenomen. Hij kan niet alles blijven afzeggen. Maar het boeit hem niet echt.

'Direct belt Steven, papa,' roep ik om het hoekje, 'hij komt me halen voor het schoolfeest. Okeej? Ik ben rond half vijf thuis.'

'Let je wel op in die mist?' Papa is aan een schilderij begonnen voor het Koningin Wilhelmina Fonds. Ze gaan het veilen en hopen dat het veel geld op zal brengen. Het wordt kapot gaaf. Hij legt er zijn hele gevoel in. En op het moment loopt papa daar gewoon van over. Ik zie heel felle kleuren op het doek.

'Ja!' roep ik terug en dan belt Steven aan. Hij heeft zijn
skateboard onder zijn arm. Ik schrik van hem. Hij ziet
eruit als een skelet met zijn oplichtende botten.
'En, hoe vind je me? Freaky hè?'
Meer dan freaky. Nu moet ik de hele tijd aan de dood
denken. En dat terwijl ik er even van verlost leek te
zijn. Van mijn zieke mama met haar doorschijnende
vingers.
Ze lijkt zelf een skeletje nu. Wat een verschil met vorig
jaar. Twee maanden voordat ze pijn in haar zij kreeg.
Maar Steven heeft het niet in de gaten. Ik slik.
'Heel freaky. Cool, hoor.'
Wegwezen, hier! We stappen de mist in. Het lijkt wel
of ik naast een wandelend geraamte loop. Hij licht
helemaal op.
'Kijk,' lacht Steven. 'Gaaf, hè?'
Maar ik vind het niet gaaf. Hij heeft niet in de gaten
dat ik al in een echte horrorfilm zit. Nou ja, even
volhouden, dan ben ik over een paar uurtjes weer
thuis... Ik ben benieuwd of ik wel lol zal hebben. Het
voelt alsof ik mama in de steek laat. Ik beloof haar nu
dat ik meteen na het feest naar huis kom.
Stil pak ik Stevens hand vast. Het is wel dope, om zo
hand in hand te lopen. Niemand die ons in die pakken
herkent.

Langzaam maar zeker komen we steeds meer van die
wandelende pakken, heksen en pompoenen tegen. Het
bord aan de gevel van de school is wat minder te zien

door die mist. De aula is proppievol. Pompoenen en doodskoppen staren me van alle kanten grijnzend aan en ik voel me duizelig en misselijk worden.

'Hoezie, Mara?' Steven schrikt.

'Ik ga even een slokje water drinken,' zeg ik hees.

Op de wc is het koel. Als ik terugkom in de gang, zie ik een skeletpak op de rug. Hé, dat is Steven en hij wacht op me. Dat is vet. Er staan een heleboel heksen om me heen en ik ga erbij staan.

En dan begint het groepje ineens te praten.

'Dus jij hebt ze gehoord over meester Jeroen?' Dat is Marits stem. Stiekem vouw ik de randen van mijn muts helemaal naar beneden, zodat ze vooral mijn gezicht niet zien.

'Ja, die nerd van een Jenny is koekwaus! Hihi. En toen hadden ze het ook over Mara's moeder. Die gaat dood, man, weet je dat al? Zelf gehoord, walla.'

Dat is Pascal. Wat een wannabe! Mijn hart gaat geweldig tekeer. Het bonst zo erg dat ik bang ben dat ze het zullen horen. Ik sta immers vlakbij. Maar ze kwebbelen rustig door. Als ik weg wil sluipen, komt op dat moment Joy in haar heksenjurk de gang inlopen. 'Hé, wie ben jij daar? Dat je zo stiekem staat te luisteren?'

Het hele gespuis draait zich naar me om.

'Ja! Wie ben jij?' Pascal trekt de heksenmuts van mijn hoofd. 'Mara???'

Ik pak mijn hoed vliegensvlug van haar af en ik trek Steven aan zijn mouw mee. Met een fladderende jurk ren ik naar de aula. De hele groep flipt nou.

'Hé, wacht! Kom hier!'

Ja, ik ben toch niet kierewiet. Hijgend vertel ik Steven over Marit en Pascal en hoe ze mij eerst voor Joy aanzagen, omdat Joy ook als heks verkleed is. Zag er wel goed uit trouwens: Joy als heks. Net echt... Kapot gaaf.

Helemaal achter in de aula zie ik haar met haar gespuis praten en wild naar mij wijzen. Ze is erg boos op Pascal, dat kan ik zien. Arme Pascal.

Wat verder naar links zie ik Jenny naar me zwaaien. Ze komt blij op me afrennen: 'Ha, Mara, Steven, Kris staat daar bij zijn klas, zie je hem?'

Ik zie hem. Maar ik zie ook dat Joy, Pascal en Marit me gespannen aankijken. Duhh... ze willen natuurlijk weten wat ik allemaal tegen Jenny zeg over het afluisteren. Ik zeg er niets over tegen Jenny, maar dat weten zij niet. Laten ze zich maar lekker down voelen. Daar komen ze al aan. Nu opletten en stil zijn.

'Ewa Mara, Steven. Hé Duffe, wat hebben jullie mooie pakken aan.'

Ik kijk Joy in haar koele, ijsblauwe ogen. Ze is aan het spacen. Ze vindt onze pakken niet mooi. Ze wil gewoon weten wat Jenny en ik tegen elkaar hebben gezegd. Ze perst een glimlachje rond haar vuurrode lippen.

Ik wijs op haar neus. 'Ja, mooi zeg, die wrat. Is die echt?'

Ze geeft me een dissende blik, terwijl Steven en Jenny in de lach schieten.

'Ik neem aan dat het nu weer oké is?' Iedereen staart naar me. Ze wachten op een antwoord. Wat zal ik zeggen?

'Aaight, wat zou er moeten zijn?'

We horen de directeur in de microfoon zeggen dat we nu een film kunnen gaan zien. Speciaal vandaag draait De Heksen van Roald Dahl voor ons hier op school. Al die kinderen die in muizen veranderen en dan gered worden door een muizenjongetje en zijn oma. Als ik Joy toch in een nietig muisje zou kunnen veranderen... ik heb me druk zitten maken om niets, het wordt zo toch nog een coole middag.

Mama is een fee

Ik vind het fijn dat de mist aan het optrekken is, als
we met ons vieren naar huis lopen: Steven, Jenny, Kris
en ik. Het was vet, gaaf en cool. En die heksen zagen
er superfreaky uit. Ik neem me voor om morgenvroeg
het boek van Roald Dahl uit de bieb te halen. Steven en
Jenny slaan al een straat eerder af.
'Mara, was het een leuk feest?'
'Ja, toch, Kris?'
'Maar mama zag er vanmiddag keislecht uit, hè? Ik
moest de hele middag aan haar denken. Ik kon er niets
aan doen. Ik vond het geen leuk feest.'
Ik zie gelijk de porseleinen vingers weer voor me en ik
knik langzaam.

'Ze gaat dood, hè?'
'Iedereen gaat dood, Kris.'
'Maar ze gaat zo meteen dood, Mara. Ik heb papa,
mama en tante Git gehoord toen jij je ging omkleden.
Mama heeft jouw brief en mijn foto's in de la
klaarliggen. En ik weet ook hoe ze dood wil gaan.'
Hij kijkt me gespannen aan of ik nog wel luister. 'In
haar trouwjurk. Maar dat kan toch niet?'

'In haar trouwjurk? Hoezo kan dat niet?' Ik zie
mama voor me in een prachtige, witte, hippe, wijde
glinsterjurk. Net een fee uit een sprookje. Ik weet wel
dat haar eigen jurk er zo niet uitzag, maar ik zie haar
toch glanzend voor me.
'Dan wordt de jurk vies van al dat zand.'
Ik moet even goed nadenken welk zand hij bedoelt.
Maar dan begrijp ik het. Ik pak zijn handje. 'Heb je ook
toevallig gehoord waarom ze dat wil?'
Hij knikt heftig. 'Omdat ze haar trouwdag de mooiste
dag van haar leven vond.'
'Ja, Kris. Het is de droom van bijna ieder meisje om te
trouwen in zo'n mooie jurk.'
Kris kijkt mij vreemd aan. 'Daar snap ik niets van. Wat
is daar nou mooi aan?'

Ik steek mijn eigen sleutel in het slot. Ik wil ineens
heel snel naar binnen. Maar Kris blijft op de drempel
staan. 'Ik durf niet, Mara.'
Het is akelig stil in huis.
'Samen durven we toch wel?'
'Mag ik dan je hand?'
Ik kijk naar hem. Een kleine jongen in een donker
poezenpak. En ik neem zijn kleine, koude hand in de
mijne.
'Jij bent immers al elf,' zegt hij. 'Ga jij maar voorop.'

Papa staat in de keuken bij de vaatwasser. Het moet
erop lijken dat hij die aan het uitruimen is, maar

eigenlijk doet hij niets. De klep is open, maar alles zit
er nog in.

'Waar is tante Git?', vragen we.

'Even naar huis,' zegt hij. Dat vind ik niet erg, ik wil
toch alleen zijn met papa, mama en Kris. 'Gaan jullie je
maar omkleden, dan kunnen we zo eten.'

Versuft lopen we de trap op.

'Gelukkig ligt ze niet in haar eentje,' zegt Kris.

Huh?

'Papa heeft vanmiddag Dollie nog in mama's bed
gelegd. En ik vond het goed.'

'Oké, dat is sweet van jou.'

'Ja, hè?'

Als we aan het bed van mama staan, slaapt ze heel
diep. Ze ligt er kaal, zonder haar sjaaltjes. Ze wordt niet
wakker als we zeggen: 'Dag, mama.'

We aaien haar ieder om de beurt. Ze zucht.

Papa komt er ook bij staan. Ik heb medelijden met
hem. Hij is zo ontzettend down. Hij blijft maar aaien
en kusjes geven. Hij fluistert van alles in mama's oor.
Alsof hij denkt dat ze hem hoort. Misschien is dat
ook zo. Wie weet. Mama's gezicht wordt nat van zijn
tranen.

En ik zou wel bij mama willen gaan liggen. Ik zou haar
hart willen horen. 'Ta-da-dam. Ta-da-dam.' En ik zou
haar stem weer willen horen. 'Mijn hart klopt omdat jij
leeft.'

Ja, ik leef.

Maar ik durf niet dichterbij te komen. Misschien houdt het hart er net mee op, als ik mijn hoofd ertegenaan leg.

En Kris durft ook niets meer. We staan met ons tweetjes hand in hand tegen de muur en we kijken naar mama en papa.

Later komen opa en oma de kamer binnen. Ze gaan verslagen aan het voeteneind zitten. Oma zegt: 'O kindje, waarom moet jij eerder dood dan ik? Daar klopt toch niets van. Je bent nog zo jong.' En ze barst in tranen uit.

Maar tranen, wat heb je daaraan? We hebben zo veel gehuild en het heeft niets geholpen.

's Nachts duurt het ontzettend lang voor ik in slaap val. Ik moet de hele tijd aan papa en mama samen denken. En nu? Wat gaat er allemaal gebeuren? Blijft mama voor altijd slapen?

Ik droom weer over een glitterkuur die haar arm ingaat. Bij elke druppel glanst haar huid steeds meer tot ze helemaal oplicht. Mama lijkt echt op een fee! Wat ziet ze er mooi uit. 'Hé mama, nou heb jij vierkleurenglitter.'

Ik zwaai naar haar en mama zwaait terug. Ze is blij. 'Dit is de mooiste dag van mijn leven,' zegt ze. Ze ziet er weer net zo mooi uit als de vrolijke mama van vroeger.

Love you,mama.
Dan val ik rustig in slaap.

De volgende dag begint heel bizar. Alles is stil om me
heen als ik wakker word. Zelfs Kris hoor ik niet. Dan
klopt er iemand aan mijn deur.
Mama? Nee. Papa.
'Ik kom even zeggen dat jullie vandaag thuisblijven van
school,' zegt hij. Maar wat ziet hij er depri uit...
Thuisblijven, dat mogen we never nooit zomaar. Er
komt ineens een gedachte bij me op, zo misselijk dat ik
echt sick word. Ik kan het niet zeggen, mijn gevoel zit
helemaal vast. Ik zie de paniek in papa's ogen.
'Mama...?', fluister ik alleen maar en papa knikt.
'Kris is al beneden. Blijf nog maar even uitslapen als je
wilt. Dan kun je straks afscheid nemen.'
Uitslapen...? Afscheid nemen? Ik ga rechtop in bed
zitten.

Papa wil zich weer omdraaien. Ik krijs: 'No way! Hoe
kan ik nou uitslapen? Ik wil mama terug. Ik droomde
over mama, het was helemaal geen afscheid.'
Papa komt geschrokken naar me toe. 'Mara, Mara,'
zucht hij en hij komt bij me zitten. We beginnen allebei
verschrikkelijk te huilen.
Kris komt de trap op. 'Mara, weet je het ook al?', vraagt
hij in de deuropening.
Ik zeg niets. Hij klimt bij mij in bed. 'Ik mis haar zo!'
'Wij ook, jongen,' snikt papa, 'wij ook.'

We blijven heel lang met ons drieën op mijn bed zitten.
Papa vraagt of wij mama nog willen zien, want ze wordt
straks opgehaald door de mensen die haar over een
paar daagjes gaan begraven.
'Het ziet er niet eng uit,' verzekert hij ons. 'Het lijkt
gewoon of ze slaapt. Maar dan heeeeel diep.'
'Ik heb mama in mijn droom gezien,' zeg ik. Ik zie
haar zo weer voor me. Levend! Wow, mooier kan niet.
'Ze was de mooiste mama van de hele wereld.'
'In je droom?', vraagt Kris.
'In Mara's droom en in het echt,' zegt papa. Hij zucht
diep en glimlacht. 'Jullie mama is de mooiste en de
liefste van allemaal.'
'Ja,' zegt Kris. 'Voor altijd.'

Lief Dagboek

We hebben een vreselijke winter achter de
rug. Sinterklaas, kerst, oud en nieuw,
allemaal superbagger. Ik heb never nooit
eerder gewenst dat al het vuurwerk van de
hele wereld met een BENG uit elkaar zou
spatten. Maar tijdens die nieuwjaarsnacht
wenste ik het. En het gebeurde niet. Het bleef
bij feestelijke knallen, geroep en gezang, de
hele nacht door.

Papa, Kris en ik zaten samen in de kamer
met een glaasje bubbelsap. Tante Git vroeg
of we misschien bij haar en oom Tobias oud
en nieuw wilden komen vieren. Maar dat
leek ons geen goed idee. We moesten toch
ooit wennen. En het werd een heel relaxte
avond.

We maakten de cito-toetsen in februari.
Het kostte me heel veel moeite om mijn
gedachten erbij te houden. Maar gelukkig is
het goed gekomen. Papa was blij toen bleek

dat Jenny en ik allebei naar het Hugo De Groot Lyceum konden gaan. Maar om daar te komen moesten we een uur fietsen. En een uur terug. Oké. Wel vet balen: Joy gaat er ook heen. Boeit niet, ik ben inmiddels wel aan haar gewend.

En toen kwam de lente. Er waren paaseieren, maar geen mamapaasei met strik...
En de bh die ik samen met mama gekocht heb, werd te klein. Ik vond het heel jammer. In mijn ondergoed voor de passpiegel van mijn kamer voelde ik dat het ding niet goed zat. Hoe ik er ook aan trok; hij bleef scheef zitten. Elke keer als ik hem aandeed, dacht ik aan mijn coole, lachende moeder in de lingeriewinkel. Samen in een te klein hokje. Mama en ik, samen shoppen. Net als vorig jaar. Ja, het was een rare Pasen zonder mama. Echt heavy.

Mijn tweede, grotere bh heb ik vlak daarna met oma gekocht in een andere stad en in een andere winkel. Toen was ik erwtjes-af. Cool!
Oma en ik maakten er een hele leuke dag van. We gingen zelfs samen uit eten in een restaurantje. Oma vertelde daar grappige

verhalen over hoe meisjes vroeger een bh moesten kopen. Er waren toen maar een paar modellen en alleen maar in het wit.

Duhh... toen ik ermee thuis kwam en hem ging passen, moest Kris weer net de trap op stampen. Kris loopt nooit gewoon, maar doet of hij een kudde olifanten is, de freak. En mijn kamerdeur was nog open, dus zo stond ik daar in mijn ondergoed. Vond ik toch even niet zo tof. Snel trok ik mijn dekbed van mijn bed af en sloeg het om me heen. Ik leek wel een statig standbeeld. Kris liep voorbij. 'Keimooie jurk, Mara!' riep hij giechelend. Ik schopte een van mijn sloffen naar hem en raakte papa bijna vol, die ineens in de deuropening stond.

Ik schrok hevig want één seconde dacht ik dat ik mama daar zag. Balen, dat kan dus helemaal niet meer. Aan dat idee zal ik nog lang moeten wennen. Maar al is ze niet meer in ons huis, ze woont in mijn hart.

En dat zal **forever** zo blijven.